藤比呂美詩集

Ito Hiromi

Shichosha
現代詩文庫
191

Gendaishi Bunko

思潮社

現代詩文庫　191　続・伊藤比呂美・目次

装幀・芦澤泰偉

詩篇

〈のろとさにわ〉から

意味の虐待

あなたはニホン語が話せますか
いいえ話せません
はい話せます
はい話せますけど読めません
はい話せて読めますけど書けません
はい話せて読めて書けますけど聞きとれません
わたしはよい子でした
あなたはよい子でした
わたしたちはよい子でした
それはよい
わたしはわるい子でした
あなたはわるい子でした
わたしたちはわるい子でした
それはわるい

言葉の習得のためには置換し反復しなければならない
わたしはみにくい子でした
あなたはみにくい子でした
わたしたちはみにくい子でした
それはみにくい
わたしは退屈です
あなたは退屈です
わたしたちは退屈です
それは退屈だ
わたしは憎い
あなたは憎い
わたしたちは憎い
それは憎しみだ
わたしは食べる
あなたは食べる
わたしたちは食べる
それはよい食欲だ
わたしは食べない
あなたは食べない

わたしたちは食べない
それはわるい食欲だ
わたしは意味する
あなたは意味する
わたしたちは意味する
それはコトバの伝達だ
わたしはニホン語を使う
あなたはニホン語を使う
わたしたちはニホン語を使う
それはニホン語だ
わたしは意味を剝がしとりたい
あなたは意味を剝がしとりたい
わたしたちは意味を剝がしとりたい
それは意味を剝がしとる欲望だ
わたしはいっそコトバをただの素材におとしめたい
あなたはいっそコトバをただの素材におとしめたい
わたしたちはいっそコトバをただの素材におとしめたい
それはいっそコトバはただの素材だ
わたしは機械的に置換していって現実にはありえない文を作る
あなたは機械的に置換していって現実にはありえない文を作る
わたしたちは機械的に置換していって現実にはありえない文を作る
それは機械的に置換していって現実にはありえない文を作るんだ
意味を剝がす
音が残る
それでもわたしたちは意味をさぐる。指をさしだせばそれを吸う新生児の原始反射
わたしは指をさしだせばそれを吸う新生児の原始反射です
あなたは指をさしだせばそれを吸う新生児の原始反射です
わたしたちは指をさしだせばそれを吸う新生児の原始反射です
新生児のそれは指をさしだせば吸う原始反射だ
わたしは意味が

あなたは意味が
わたしたちは意味が
意味だ、それは
伝達するな
わたしは伝達するな
あなたは伝達するな
わたしたちは伝達するな
それするな、伝達だ
切り裂かれて血まみれの意味はきっとみじめでうれしい
わたしは血まみれの意味はみじめでうれしい
あなたは血まみれの意味はみじめでうれしい
わたしたちは血まみれの意味はみじめでうれしい
血まみれのそれの意味の血まみれのみじめさだ、それうれしい

＊ブルース・ノーマン「GOOD BOY BAD BOY」から引用参照箇所があります。

日の光のように輝く白猫

ときどき耐えられないくらい喉が乾く
水を飲む
ごくごく飲む
臭いをたよりにそれを探す
ぐるぐるまわれば容易にみつかる
でも高いところにあって手がとどかない
耐えられないくらい喉が乾く
水を飲む
わたしは男の髪の毛をかきむしりながら言った、一時的な
感情の洪水は、ぜったいに長くつづかない
わたしは男の唇を強く吸って言った、キスはとてもすてき、性交はとてもすてき
わたしは髪の毛をかきむしりながら言った、一時的な
感情の洪水はけっしてつづかない
わたしはわたしの唇を強く吸って言った、オナニーはと

てもすてき
わたしは男の唇を強く吸って言った、子どもたちは
森のたき火のそばで眠っている
そこにはうちの猫がいる
子どもたちのことはだいじょうぶ猫が見ててくれる
だいじょうぶちゃんとお菓子の家を見つけられる
パン一切れ与えてやるのも惜しいくらいだ
うつくしく育った子は殺してしまえば心臓がおいしい
でも、と男が言った、男の子は
ふりかえって
猫を見ている
早く歩けと親たちが言うけれど
うちの白猫を見てるんだと男の子が言う
でもそれは太陽が煙突にあたって光ってるので
猫はいない
日の光のように輝く白猫はどこにもいない、と
自分の思い出を語るように男が語るので
どこにもいなかった白猫が気にかかる
それで男は

わたしの唇を強く吸って
キスはおもしろいとても甘いと言った
それでわたしは
キスはおもしろいとても甘いと言った
男はいつも毛が抜けた
わたしの肩に
男の抜け毛がふりかかっていつももつれた
わたしは抜け毛をあつめて
いとおしく思いながら燃やした
胎児たちは何人も何人も受精された
わたしたちはだまってそれを見ていた
言うことは何もなかった
男は棚の上に箱を置いた
その中には詩が入っていた
わたしは窓から外を見ていた
窓はなかなか開かなくて
開けるには男の力が必要だった
男の力で
窓はいきなり開けはなたれて

そこにあった花瓶がいくつも倒れてこなごなになった
そこにとまっていた蠅も潰された
そして風が吹きこんできた
わたしの抜け毛たち
わたしの胎児たち
わたしの搔爬たち
わたしの箱たち
わたしは窓から外を見ていた
窓はなかなか開かなくて
開けるには力が必要だった
力をこめて（ほとんどちびって）おし開ければ
窓はいきなり開けはなたれて
花瓶がいくつも倒れてこなごなになり
蠅も潰され
風が吹きこんで
部屋を荒らし
向かいの建物の煙突の上で
輝く白猫が前足をなめているのが見えた

祭り

祭りがすんだら馬は刺身
醬油
生姜にんにく
さらし玉葱
馬の脂は透明でよく弾む
嚙みちぎるのには力がいる
呑みこむのにも相応の力がいる
口の中でそれは
生ぬるい粘液になって
生ぬるい乳汁になって
喉の内壁にこびりつく
窒息してしまうこともあるという話だ、それに
暴れた馬は堅い
暴れたまま死んだ馬はなおさら堅い
ふつうならこんなものは食べないが縁起物だからと
人人が言いあってわけあって
うれしがってほめたたえて

それを食べた
今年は人ひとり
馬に蹴られて重体で意識も不明でそのままなので
よけいである
みんな食べた
馬の肉も筋も脂も血も
きれいに食べた
肉や筋や脂は舌に巻きこまれて
呑みこまれて
祭りの馬はあとかたもなくなった
ついさっきまで路上に放尿し
脱糞し
興奮して暴れまわり観客を喜ばせ
不運な男を蹴りあげていた馬

今日はじめて
馬をあやつって
野原を早駆けすることができたのはわたし
わたしの行くての秋の野原は

雲がなかった
このあいだまでは人に尻を
叩いてもらわなければ早駆けできなかったのに
今日は駆けるから馬の背が跳ねる
草が流れる
馬の尻は重たい
馬の体重は重たい
重たい馬がわたしを乗せて空を駆ける
わたしにはもう人は必要でない
早駆けさせるために追いたててもらう人は必要でない
わたしには人はもう必要でない
秋の野原は薄だらけで銀色である
馬は放尿する
たてがみは抜けて抜けて振りかかる、わたしに
わたしは全身馬の毛にまみれる
馬の顔ときたらひと抱えもある
わたしの乳房も腹も何もかもその顔に
押しつけないと抱いてやることができない
実際わたしはそうやって抱いてやった

するとわたしの口に向けて熱い
鼻息を吐いた
わたしのことを好いてるのだと思う
唇は赤くやわらかく
わたしはそれを口に入れて
つぶしてやることもできる
頬髯の生えぎわから性の臭いがするのを
肺いっぱい嗅ぎとることもできる
馬の尿は臭い
わたしにはもう追いたてなければならない人は必要でな
い
馬の尿は臭い
馬は強烈ににおう放尿をやめない
強烈ににおう放尿も発汗もやめない
強烈ににおう唾液の分泌もやめない
強烈ににおうあらゆる性的な腺からの分泌もやめない

suicidal woman

わたしは suicidal woman
あなたは首くくる人
わたしは suicidal woman

わたしは東の、とても東の、寒い、星の多い、とても寒
い場所に行った
百姓たち年寄りたちの文化があるところだ
背の高い男がいた
黒い服を着ていた
そして髭を生やし髪をのばしそれをむすびやせていた
とても目立つ男だった
年寄りたち百姓たち若者たちの間に立ち混じっていた
はじまる
禿げて裸の男が一人、ラッパを吹きながら人々を扇動し
た
そこにいる男たちで髭のない男は彼だけだった
そして祭りの神輿が出て、かけ声がかけられ、火が焚か

れ
葬送のラッパ
そこにいた全員、わたしの友人とわたしを除いて全員が
ライオンのおたけびを叫んだ
御輿に火がつけられ
燃えて、燃えつき
踊りがはじまった
踊りは輪になって、男と女が対になってつづいた
男は女を誘い、女は男を誘った
わたしはその中に入ってもいいいと思ったが、誰も誘って
　くれなかった
あの黒い服を着たやせた背の高い髭の生えた髪の長い男
　に
誘ってほしかったのに
誘ってくれなかった
人々はどんどん踊りにくわわり
汗をかいた
誰が踊りの中心にいるのかすぐ見分けられた
踊りにひきこまれた人もすぐ見分けられた

踊りに入ればたちまち踊りを許容した
踊りに入らなければいつまでも懐疑が残るから
これは危険
同一の思想
同一の感情で人々を
みたしたいとみたそうと
思っているその主宰者の髭はとても黒い
男たちの髭はとても黒い
あの背の高い髪の長いとても目立つ黒い服の男の髭も
とても黒い
こんな小さな黄色い汚い異教徒だからみつかるといけな
　い
そう言って汚いおかまの友人が大きな太った背中に隠し
　てくれた
黒いと言ってもおまえの髪の黒さはまったくちがうんだ
とても目立つ、おまえの目も、表情も
言語でさえ、とても目立つ
ほら見ろ、今、あそこの女がこっちをふりむいた
おれまでおまえと同じ異教徒だと思われた

汚い異教徒が潜んでいる、ほら見ろ、オナニストのおかまが異教徒を
隠していると言って人々が熱狂してぼくたちを殺しにかかる
それからぼくたちの死骸をあの大きな車輪にはりつけて
ぐるぐる回して荒野を踊って歩くのだ
ろうそくをともして重たい黒パンをかかえて祈りながら踊って歩くのだ
おかまがゆびさした先には、ほら、巨大な巨大な車輪が据えつけられていた
車輪の下にはろうそくが林立して蠟が流れていた
踊りも熱狂もつづく
あの黒い服を着た髭の生えたやせた髪の長い髪の黒いあの
ずば抜けて背の高い男は
わたしをかくまうやさしいおかまを誘った
わたしは露呈された
誰かが踊りながらわたしにぶつかる
誰かが踊りながらわたしを突く
誰かが踊りながらわたしの腕をひっぱる
おかまは帰ってきて頬を染めて言った
彼の名前は Grzegorz だ
すてきな名前じゃないか
その rz の発音がわたしにはできない、とわたしは言った
舌を一秒に何百回か強く震わせて出る音だもの
やせた黄色い異教徒なんかに出るわけがない
舌を震わせればああ全世界が震えていくような気がするんだ
この言語の生まれついての話者でよかったとぼくは
涙ぐんでしまうんだ、Grzegorz
の rz、それと対になるべき澄んだ
二つめの Grzegorz の rz
Grzegorz の手はとても大きく温かく
ぼくは彼に包まれてユダヤとジプシーの踊りを踊った
と彼が浮かれてわたしの前で一人で踊ってみせるので
見てごらん、オナニストが混じってる、と誰かがさけんだ
そしてわたしをかくまってくれた

Grzegorz の手にもたれて二曲踊った
頰を紅潮させた
若い太った背の高いオナニストのおかまは処刑された
異教徒は無事だった
ただ涙を流して磔刑にされる友人を見ていた
わたしは suicidal woman
と車輪の上で友人は歌って、そして死んだ
さよなら、春まで

父の子宮あるいは一枚の地図

その部屋はいろんな瓶の中に
いろんな人体の部分がおしこめられていて
いろんな奇形も奇病もわたしたちは見ることができた
ほんとうはいろんな死体もそこで見ることができたが
男たちはそっちに行きたがらなかった
だから部分的な人体だけ見ることにした
人体の部分たちは液体の中で変色していって
もうきっと
けっしてよみがえらない

ほらこれがぼくの父の腕だと
乾きあがった腕をゆびさして男たちが言う
これが父の皮膚
男たちは皮膚病の皮膚をゆびさす
これが父の胃
潰瘍のある胃を男たちはゆびさす
これが父の睾丸
象皮病の睾丸を男たちはゆびさす
これが父の骨と脊椎
これが父の指の関節
これが父の産んでくれたぼくたち
と水頭症の胎児たちをゆびさす
そしてこれがあなた
と癌の乳房をゆびさす
そしてこれが父の子宮だと
歯の生えた子宮をゆびさして男たちが言う

肉をかきわけて歯がいちれつにならぶ
これは病気あるいは奇形だとわたしは
言いたいが言わない
これが父の子宮だ
ぼくたちは子どものころよく父に打擲された
これがぼくたちを折檻した残酷な子宮の歯だ
一人は号泣し
もう一人は踊りながら男たちが
歯の生えた子宮の瓶をいきなりぶち割る
父のでも誰のでも病気でも奇形でも
とにかく瓶は割れて
涙と薬液が、歯とガラス片が
こんな行為は感傷にすぎないとわたしは
思っているが言わない
「地図をひろげてどこかへ行きたいと思うが、
地図中いたるところに父がたちあがる。
わたしは父のいない場所をさがすのにやっきになる。
父はたちあがる。
父は地図上のどこにでも、わたしがゆびさせばそこに父
　はたちあがる」
というどこかの父娘の話をして聞かせながら男はわたし
　に一枚の地図をくれた
外国語で表記してある地図だ
地図に描かれた土地の形は知っている
土地の名前も知ってるが
その言語は読めない
男には読める
だから地図を見るたびにわたしはその言語に
言語を読める男に
巧妙に監視される

もちろん地図をくれた男はたちまち監視する自分を
後悔して
後悔のあまりのたうちまわっている
静かになれ（とわたしはねがう）
死んでしまえ（とわたしはねがう）
考えられるかぎりのいちばんつまらない死に方で男は死
　にたい

かんだガムを床になすりつけるとか
爆風でとつぜん消えるとか
餓死するとか
それなのに男はわたしを監視するために地図をくれる
いつでもどこでも地図の中にたちあがる
瓶の中からでもよみがえってみせる
でも男は後悔している
後悔のあまりのたうちまわっている
そっとしておくしかない
声をかけると
たちまちたちあがり
わたしを打擲するからだ
何十回も何百回もくりかえされたやり方で
男の血管がそこにみなぎる
父あるいは兄
夫、恋人、先生、なんとでも彼を呼べる

まよらな、いのんど、まんねんろう

他人と抱擁する快感があまりにも強いので
何もほかに欲していません
状況が変わってもわたしはごはんをつくる
そのときに不可欠な香辛料、油脂
まよらな
いのんど
こえんどろ、ういきょう
にくずく
まんねんろう
わたしに養われる人たち
風邪をひいた
と男が言った
風邪をひいたと言う男の顔はいつにもまして蒼白く
風邪のせいで耳が聞こえないと言うし
風邪のせいで鼻もとおらないと言うし
小耳にはさむにほんごさえ理解できなくなったと言うし
それなら渾身の力をこめて

わるい鼻にわるい喉にわたしの乳や唾をふりかけて
健康な器官をとりもどすよう
なでさすってやりたい
甘い歌声はそこに
わたしの子も風邪ぎみだ
最後の子はあと追いがつづくし風邪も長びく
乳首をつまむくせもなおらない
つままれる乳首は痛い
しなびていてひとしずくも出ない
老いる
わたしたちは老いる
きたるべき閉経
わたしが産んだおおぜいの姉たちは
こうして最後の子のたれながす鼻汁を吸い取り
最後の子のほとばしらせる下痢便をぬぐい取り
まるでそこに
何百何千という母たちがいるかのよう
姉たちの累積した欲望がそこに
最後の子はされるままに

姉たちの愛撫を受けいれていく
歌が身体にからみついてくる
意味が断片的に聞こえてくる
こんなに長い間、さとうきび、あまいあまいあまいあま
い
意味は断片的で意味を持たない
あまいまいまいこえんどろ
まんねんろう
三九歳のときに最後の子を産みたかったとわたしの姉は
　言った
五歳年上の、いっしょに育った姉である
あの男を見たときにそう思った
腋にマサカリをはさんだ男
腋にマサカリをはさんだ鼻輪をつけた男
なんとか性交しようと画策したけれども
会えたときには、産む欲望はうすれてしまった
姉の産んだ女の子たちはとても大きい
わたしの妹の夢は
一生涯放浪をしつづけて

さきざきの土地で土地の男たちの子を産んでいくことだ
土地に子をばらまく
と二歳年下のいっしょに育った妹が言った
連れて歩きたい子は連れて歩く
捨てて行きたい子は捨てて行く
殺したい子は抹殺する
まよらな
まんねんろう
ういきょう、こえんどろ
まだ産める
まだ産める
子を産みあげたらわたしは
姉や妹といっしょに暮らすことにする
性的に触れあいたければ触れあうし
性交したければ外に出て性交してくる
そういう約束がある
わたしは姉妹と食べ
話し
黙っている間にも存在する相手

抱きあって
その寝息を聞く

チトー

あまりの湿度の低さに呼吸がしにくくなりました
鼻の穴までからからに乾いてしまいました
遠くがくっきりと見えましたが、そこ
そこはとても遠いということをわたしは知らなかった
照葉樹林の中で生きてきたもので知る機会がなかったん
　です
雲が平原をどう覆うか
風がどう吹くか
青々と草がしげって見えるけれども
そばに行ってみるとまばらに生えているだけだというこ
　とも
知る機会がなかったんです

彼女がどこに行きたいのか知らない
一年間詩をやりとりしただけの仲だから
そこまで知るわけはない、知りたくもない
一年間詩をやりとりして数回会っただけの仲だから
そこまで知る理由はないと思う
一年間詩をやりとりして数回会って
数回キスして数回セックスしてみただけの仲だから
そこまで知る必要はない
一年間詩をやりとりして数回会って数回キスして数回セックスして
コートを貸してあげただけの仲だから
何も要求はしない、執着しない
彼女の骨格はわたしのよりかなり小さく
コートは彼女をすっぽりつつみこんだ
コートはわたしをもすっぽりつつみこむ
着る女という女を
男につつみこまれたいヘテロセクシュアルにしたてあげてしまう策略的なコートだ
彼女に貸す前、わたしはそれを着て車の中で男と性交した
ヒーターをつけると暑いし
消すと寒いし
だからわたしはその策略的なコートにくるまって何回も何回も何回も
オーガズムを感じた
そのコートが彼女をもつつみこんだ

指先に巻いたバンドエイドがキーボードをたたく感覚をにぶらせる
指先にバンドエイドを巻いてはいけない
でもバンドエイドをとると
血が流れる、血が流れるようすを見つめる
この執着、執着、
三四歳までのわたしは、風邪がなおるとまた風邪をひいて
冬の間中ずっと咳をしつづけた
人の歓心をひくための咳は受動的だ
もっと攻撃的に、攻撃的に、

わたしは指先を切り刻むことにした
脈をうって赤い血がふきだす指先
切り口からすーすー風が入る
存在、
性的な充実、

動くな
臭いを嗅ぎつけられる
わたしは危険を予知できる
死んだふりをして危険が通りすぎるのを待て
それが、かしこいコヨーテが人間につながれていた間に
　まなんだ
いちばん貴重な知恵でしたと本に書いてあった
かしこいコヨーテの話は、シートン動物記の中でいちば
　ん気に入っていた
雌コヨーテのチトーは雄をしのいでかしこかった
チトーは生まれてすぐに親兄弟をみなごろしにされ
人間につながれ
平原に戻ってえものを狩り
やすやすと子を産んで育てた
わたしはチトーになりたかった
わたしはチトーになろうとした

人に言語を教えるという行為について考える

触媒
精神分析
母親あるいは父親あるいは保母としての存在
言語を教わるという行為について考える
依存する行為、共依存してしまう家族、その年齢につい
　て
人におしりをなめてもらうのは快感だ
そこに排泄物があってそれもなめとってもらうのはもっ
　と
人につながれて知恵をまなぶ
言語は獰猛
言語を教える、教わる関係は病的
翻弄される話し手
骨に、皮膚に、目に、唇に、どれだけ近づくか

その結果わたしはわたしの骨である、皮膚である、目で、
　唇である
その事実をどこまでつかむか
うしないたい
言語をうしないたい
器官たちも息も声もうしないたい
三五歳になったら、言語も器官も
うしないたくなるほど持っていたことがわかった、生理
　も
あなたは正直な人だ
そしてとても心のまっすぐな人だ
とてもはっきりものを言う人だ
体が大きくてたくましいがチトーほどかしこくない

乗り物に乗る
移動する
店に入って食べる、飲む、
逃走する、移動する、執着を忘れる
雲のたれこめる空、もうすぐ雨になる

喉が乾くのはわたし
喉が乾いて水を飲むのはわたし
わたしが男のことを考える
わたしがタバコを吸う
わたしがチョコレートを食う
わたしが吐く、わたしが食う、わたしが殺す、わたしが
　性交する、わたしが、
呼吸する、わたしが、
手を洗う、わたしが、
移動したいわたしの欲望が
身体中のわたしの
孔という孔へしみとおる
他人と接触すればそれはわたしの骨を揺さぶる
フロントガラスから風景を見る
雨が降って車内は曇っている、外が見えない状態は危険
　だ
注意して発進しなければ危険だ
臭いを嗅ぎつけるのがむずかしくなるが
同時に獲物の動きもにぶくなる雨の日

乗り物に乗る
移動する
店に入って食べる、飲む、
知らない場所で知らない男と性交して眠る

＊ジョニ・ミッチェル「ヘジラ」より引用参照箇所があります。

アヒルとブタとフクロと犬

かえるの面に卵を産む
かえるの雄はそれをおたまじゃくしになるまで持ちつづけていく
まるい卵
まるい卵を割ったら中身ができかけていた、子どもが手にとって見ていた
さかなの口に卵を産む
さかなの雄はそれを稚魚になるまで持ちつづけていく
そして食われる

稚魚に、雄が
まるい卵
はじける卵
汗、垢、
小さいころ好きだった本は（前に話したシートン動物記はもちろん）
「ドリトル先生」と「家なき子」だ
ドリトル先生の家族は
アヒルとブタとフクロと犬だったし
家なき子の家族は
犬と友人だった
捨てる
捨てる
生理を捨てる
性も機能も捨てる、体臭も捨てる
肉を食う
肉を葱といっしょに食う
今日わたしは一日中
受胎の可能性を考えていた

受精、受胎、着床、
子宮の収縮、呼吸、
ひとつひとつを思い出してみる
それだけで強烈な快感が来る
たぶん排卵は終わった
精子は死んだ
それでも数パーセントの可能性なら残っている
わたしは今日ずっと考えていた
たぶん排卵はとっくに終わった
卵子はとっくに死んだ
考えつめてはいけない
でも前の子たちの受胎は
いつも月経から二〇日めだったいつも
そのころに排卵日の来るのがわたしの生理なら
受胎する
男は不在になる
文化は異質になる
そこへ行こう
違う言語をつかう

違和感をいつも感じる感じつづける、気候、風土、湿気、
おびただしく来た
来た
快感は受胎を誘発するためにあったのである
子宮の収縮
娩出の瞬間
体内の避妊具を取りはずしたとたんに
ふわりと軽くなって空を飛んだ
亡命というのは
内側にあるものが外に出る
という意味だと男が言った
蚊に血を吸われる
というのと同じ現象だと男は言った
蚊はつぶれる
つぶれて内側のものが外へ
あれは胎芽であって胎児ですらない
ましてやコドモでもヒトでもない
いつでもわたしたちはあれをひきずり出して抹殺してい
い

わたしの排卵期はおそらく月経から二〇日めごろにおこる
待ってみる
生理による表現を
待ってみる
目をこらす耳をすます
そのように子宮や皮膚や帯下や月経と
むかいあってみる
待つのはきらいだ
待つぐらいならこっちから行くわよと姉が言った、姉は強い
待つぐらいなら別れたいと妹が言った、妹も強い
でもいまは、堕ろそうと思ってると妹は言った
生理不順の薬で堕ろせるって聞いたけど
飲んでみたけどまだ堕ろせないと妹が言った
かなしい
かなしい
そのうちに棒かなんかつっこんで子宮を破くんだよあんたは
かなしい
病院へ行け
すぐ病院へ行け
掻爬しろ
こびりついたものを掻き取って何が悪い
掻爬しろ
ええわたしはずっと待ってました
たいしたことを待ってたわけではない
ただたんに電話を待ってました
電話はなかなかかかってきませんでした
かかってくるとたちまちいやなことなんてすっかり忘れられるんです
身体からの声に耳をすませる
聞こえるか
掻爬しろ
男の力はとても強い
ペニスは巨大で力強い
でもわたしはその力もそれも抹殺できる
掻爬しよう

受胎の可能性を考えたらとたんに
わたしは待っていたことを忘れた
待っていた長い時間と累積した不安を忘れた
子宮に着床したかもしれない受精卵のことばかり考えている
底ぬけの高揚は
内側から外へ
「ドリトル先生」でいちばん好きだったのは
アフリカゆき、あの人望のあつかったドリトル先生が
どんどん患者にみすてられて
妹にも家を去られて
家は荒れはて、お金はなくなり、ピアノの中には白ネズミが住み
みかねてアヒルが主婦として働きはじめるところだった
「家なき子」で好きだったのは
ヴィタリス親方に死にわかれて
アキャンおじさんの家族もちりぢりになり
犬と友人を連れて
レミが
興行にでかけるところだった

（『のろとさにわ』一九九一年平凡社刊）

＊当書は伊藤比呂美の詩と上野千鶴子の散文から成る一冊として刊行された。

〈わたしはあんじゅひめ子である〉から

わたしはあんじゅひめ子である（抄）

わらう身体

わたしは三歳になるあんじゅひめ子である、

父というものはたいていそこにいないものだと、不在であるものだと、わたしはおもっていました、どんなものがたりを聞いてみても、父というものは、家の中で死んでるか旅に出てるか継母のいうことをきいてるかである、しかしわたしのうちには現在の父がいて、わたしを殺したい一心でわたしを殺しにかかる、さてどうしたらよいものか、生まれたときからなんぎでした、

父のいうには、この子の口は耳まで裂けている、一重まぶたで、顔も扁平、黒子だらけ痣だらけ、耳は大きく、大きく、大きく、どうもなにかがちがっている、どこのあんじゅ坊主の子かしれたもんじゃないという気がしきりにする、そうならあんじゅひめ子と名をつけて、砂の中に埋(い)けて、三年たってそれで死ななけりゃ、わが子である、

何がちがってるものか、生まれてここにこうして生きてるものを、頭のひとつやふたつ、手の一本や二本なかろうが多かろうが気にするもんではない、しかし父は、砂の中に埋けて三年待ってみようといった、母がそれに従うままだったのが、口惜しいといえば口惜しい、でも現在わたしの身の上は、生まれたばかりの目も見えないあかんぼで、何の口答えもできない身ではあるし、母のきぬのしたぎにくるまれて、砂の中に埋けられてしまった、

埋けられたのは、川のそばの砂地であります、

川のそばの砂地といえば、だれもかれもが子を埋けたところであります、

わたしの埋けられたその右にも左にも、埋けられた子たちがひしめいていた、埋けられた子は、息のあるのや息の絶えたのや、半身砂の上に出てそこでひからびているのや砂から逃れ出てどっかへ這っていったのや、

しばらく這っていきさえすればそこには大きな藪があっ

て、蚊や虻はさすけれども照りつける日ざしからは逃れることができ、雨、風もしのぐことができ、草や木をむしって食べることもできた、川までたどりつければそのままそこに水中に棲んだ、わたしは砂に埋けられたまま、そうやって周囲のものたちのようすを見ていた、死んでいくのや死んだのや生きてどっかにいったのを見ていた。ええどうしてわたしぐらい業の深いものはありません、三年で三人の子を産みふやしながら、せっかく産んだその子どもは夫に砂に埋けられる、張る乳房をもてあます、乳を出す穴という穴がふさがって熱をもち、はれあがり、乳房は触れただけでも裂けちるかと思うぐらい痛んだ、乳房が痛いのか子どもが埋けられてかなしいのか、毎日ひにち泣きくらした、泣きくらしてるうちに、目が泣きつぶれた、そのとき夫がいうには、目がつぶれたからにはこの家にいてくれるな、埋けられるような子を産んだおまえだ、子を産んだのも目がつぶれるのもおまえの業の、深いせいにちがいあるまい、このままここにいられてはおまえの業の深いのがおれにまでうつってくるようだ、そんならその前に、死ぬかおん出るかしてくれと、おまえも砂に埋けてしまえばどんなによかったかと、そういうことをいう、

そこで次の日、二人の子の右と左に寝てるのを息をひそめてうかがって、そろりそろりと抜け出して、そろりそろりとうちを出て、わたしも砂を掘りさげて、身をその中に隠すつもりで、埋けた子はどこに埋けたか、人が毎日やってきては新しい子を埋けていくので、もはやその場所はわからない、わからないけれども砂を掘りさげてみずからを埋けてしまったわたしには、子の泣き声の耳に聞こえる、埋けた子の身体のぬくもりもつたわってくる、砂の中にこうして埋まっているかぎりは何を忘れることもできない、こんな目にあうくらいなら、夫のいうままあの子を砂に埋けたりしなければよかった、砂に埋けるくらいならほかにいくらでも、することはあったろうにと、いくら後悔してもしてもしてもしたりない、涙にくれるわたしである、

ふとあたりを見てみれば、砂の上に足あとがついている、手あともついている、あれはなんでしょう、足あとには五本の指も皮膚のきめも浮き出て、それはおとなの足の

大きさ、いいえ、ひとつふたつこどもの足あともまじっている、でもそれはひとつふたつ、それはあんじゅひめ子の足あとかもしれない、わたしは指のもようさえ見てとった、髪の毛がいくすじか、乾いた血のあと、濡れたあと、かず、かずの、さまざまな身体、そのどれがあんじゅひめ子か、わたしにはいうことができない、あれがあんじゅひめ子の手のあとか、あれがあんじゅひめ子の足のあとか、あの指か、あのひとすじがあんじゅひめ子の髪の毛か、埋けられたとき、最後に見えたのは耳だった、大きな、大きな、大きな耳だった、その耳の中に砂の入りこむのが見えた、わたしは葭いっぽんそこに差し入れた、そうして穴はふさがった、

あるいは夫がひょいときもちを変えてわたしをひきあげにきてくれるものか、いやくれぬものか、なにか埋けた砂地のあっちからこっちから子らの泣き声の聞こえてくるような、なにかわたしの肩にも背にも、なにか子らの重みのかかってくるような、手にも足にも、なにか子らの死骸の触れてくるような、夫はくるかこないか、風の吹くたびに子らのにおいの鼻につくような、それのわたしを責めたてるような、こんなことならとっくのむかしに流してしまえばよかったものをついついもちつづけてこんな気味の悪い目にあった、夫はくるかこないか、くるかこないか、くるかもしれないこないかもしれない、こないかもしれない、そうしてるうちにも子らのわたしを責めるのが、しみじみと身につたわってくる、

なにいくら子を埋けたところで後に二人も子が生きて残る、あきらめろやあきらめろと人がいうけれども、埋けてしまった子のことはあきらめきれても、りえんされた夫のことはあきらめきれない、ここで砂に埋まっていても、夫がひょいときもちを変えてわたしをひきあげにくるものかいやこぬものかとそればかり考えている、死んだ子は死ねよ、死ねよ、死ねよ、あとを見るなよ、わたしは生きたいのだと、

そんならいっそ砂から出て、なにもできないおまえのことである、どこかで粟畑の雀追いでもせよと人がいうので、そのとおり、砂を出たわたしである、

どこへゆくとも陽が照りつける、雨がやんだから陽の照りつける、その中を歩いてゆく、照りつける陽にみるみ

る身体の焼けこげる、その中を歩いてゆく、見れば身体の焼けこげて湯気さえもくもくたちながら、街道を歩いてゆくわたしの身の上である、ごめんなさいごめんなさいと声をかければ、中から主人が出てくる、ものもいわずに手をあわせ涙を流して、粟畑の雀追いならできるといった、なぜここに来たときかれるから、産んだ子を夫に、砂に生きながら埋けられてしまった、乳は張るし埋けた子はかなしいし、泣きくらすうちに目を泣きつぶし、目を泣きつぶしたら夫にりえんされ、みずから砂の中に埋まっていたら、それも子らに責められるようでいたたまれず、そこに人がきて雀追いをせよといったので、雀追いをするつもりでここまで来ましたと、

それはふびんである、そんならおまえはおれにやとわれろ、おれにやとわれて粟畑の雀追いをせよ、おまえの気の晴れる間もあるだろうからと、そこの主人がいう、そこでその日から粟畑の雀追いをする、

つそう丸こいしい、ほーいほい、あんじゅひめ子こいしい、ほーいほいと、雀追いしてると、おばちゃんこの子があんじゅひめ子だ、おばちゃんおれがつそう丸だと幼い子らが寄ってきて顔をなぶる、目が見えないからいいようになぶられる、なさけない、子どもらに、いいようになぶられる。

話というものは早いもので三年たって父がいうには、あのあんじゅひめ子を埋けてからもう三年のとむらいだ、死んでるものか生きてるものか掘りあげてみようかと、掘りあげてみればわたしの身の上は、死んだわけでもないしひからびてるわけでもない、砂の中であたたまって、育ってわらってる、生きた身体である、母が葭いっぽんしるしにたてたその小さい、小さい、小さい穴から朝夕の露をなめて、育ってわらってる生きた身体、

そのとおりだ、掘りあげてみればわたしの身の上は、死んだわけでもないしひからびてるわけでもない、砂の中であたたまって、育ってわらってる生きた身体である、母が葭いっぽんしるしにたてたその小さい、小さい、小さい穴から朝夕の露をなめて、育ってわらってる生きた身体、育ってわらってる生きた身体、育ってわらってる生きた身体、それがわたしそれがわたしである、

天王寺

わたしたちは話しあっている
わたしたちはいつも話しあっている
わたしたちはいつもここから外へ出ることを話しあって
　いる
ここから外へ出て外の食物を食べよう
すいらいかんちょうを覚えているか
かんちょうの身体に触れる（それは陣地の象徴だ）
かいた円の中に入る（それは陣地だ）
あるいは木そのものに触れる（それも陣地だ）
敵の陣地は大きいエノキだった
味方の陣地は円だった
そこから出なければ何もはじまらない
旅先で食べる辛い脂っこい食物は胃を刺激する
下痢する嘔吐もする
でもわたしたちはいつも外に出てそういう食物を摂って
下痢することを夢想している
円をかく専門の子どもがいた
彼は腰をかがめて小石で地面をひっかきながらぐるりと
　最大限の円をかいた
そこに飛びこむ
でもわたしたちはいつもすいらいだった
すいらいにはかなりの脚力が必要だ
すいらいたちはかんちょうをひき倒しつつ
そこへ飛びこむ
彼のかいた円はとくべつに大きい
それだけ多くのすいらいたちを救うことができた
そこに足でも手でもかければいいのだから
彼自身はすぐにげきちんされてしまっても彼のかいた大
　きな円は残る
彼のかいた円はたのもしかった
わたしは相手にとってわたしが必要であるかどうかを考
　えている
もちろん必要である
この母はこの子にとって必要である
この子はこの母にとって必要である
こうして母子間の執着ができあがる

母子間の執着については認めたくない
ごはんだよと呼ばれるので帰ってみるともう弟や妹は食
　べはじめている
おとうさんは？
急いで箸をとって食べはじめる
遅くなるのよと母は言う、食べないで待つ母
おかわり
母は子らにとって必要であるかないか
子らに聞いてみてもわかることではない
外国に住む
パスポートを常時携帯する
出国時に必要な再入国ヴィザの申請
乳房や食物はもちろん子らにとって必要なのである
そこまで
歩いて行けるような距離だといいんだけど
歩いてたどりつければいいんだけど
天王寺というのはどこですか、行ってみたい
行ったことがないし、その地名を聞いたこともない
黒髪、宇留毛、大江、渡鹿、子飼、鹿子木（これらは熊
　本の地名）
行ったことがなかったし、地名を聞いたこともなかった
黒髪には黒い髪の毛がうねり、宇留毛にも毛の一部分が
　残り、大江を鹿が渡る
子どもを貰っては殺し貰っては殺ししていた老婆が屋根
　裏に飼う芋虫たち
子どもたちの死骸を根元に埋めた大木
という地名の意味あるいは現実を知ったのもごく最近だ
天王寺でどんなことがおこるのか
円をかく子
葛の葉がおびただしくひるがえっている
葛の葉がひるがえっている
荒地に葛の葉がひるがえっている
わたしはその子のかいた円を探しに行こうかと思ってい
　るが
なにしろもう三〇年前の話なのでどこにその子がかいた
　のか忘れてしまった
直接会って場所を聞こうにもその子の消息がわからない
手紙の一本でもくれるといいのだが

むこうもわたしの消息を知らない
なんとかじというところに住んでいるというのを数年前
　に聞いた
公務員になってまだ独身で精神を病んで休職中
てんのーじかもしれない
てんのーじがどこにあるのか知らない
そこに行こう
あの子の持っていた技術を身につけたい
円をかく技術
円の中に仲間を封じこめる術
葛の葉が裏白にひるがえっている
三〇年前はあんたはまだ生まれていなかったよねと若い
　男に言う
はいおばさん、ぼくは受胎もされていませんでした
ほんの二〇年前に生まれた男がそこで眠る
その寝顔はあんまりつるつるで
乳をしぼり出してでもあたえてやりたくなる

ナシテ、モーネン

違和感は皮膚よりも性よりも、
言語をもって明瞭にされる、わたしをも特殊化して、
その言語には抑揚がなかった、
抑揚のない話し手に囲まれて、わたしは、
流暢に会話を持つことができなかった、
その上わたしは無筆だったもので、
書く言語をも嫌悪した、
抑揚のない呼びかけに答えるのはおそろしかった、
呼びかけられている感じを感じることができなかった、
答えてしまったらわたしの言語は、
みにくい、ゆがんでいると聞き取られる、
それを打ち消せない、
彼がよそで覚えてくる言語の中に、
抑揚のあいまいな部分を聞き取るとき、わたしは、
それを洗い流したい欲望を感じた、
声に出す言語はすべてわたしのもの、
知識や、

情動が、
時間や食物が、
よその人の影響下に、あるいは、
よその人びとの管理下にあるものであっても、
彼の書く言語がよその人びとにだけ受けとられるもので
　あっても、
耳から入って口から出て、
そのまま消えてゆく言語はわたしのもの、
唾でぬらしてでも主張したいわたしのもの、
夜半、彼の背中をごしごし洗いながら、
そばかすの浮いた皮膚の上から、
あらゆる抑揚のない言語が洗い流されていくことを念じ
　た、

デー、スイーテシタ、レトル、オメン（the sweetest
　little woman）、
といつか彼はわたしに教えた、
デー、スイーテシタ、メーン（the sweetest man）、
とわたしもそれを真似した、

口うつしの言語たち、
息、息、
異質の、かえるに似た、こおろぎに似た、
彼はやすやすとそれを発音する、
いちばん最初は、
ナシテ、モーネン（nasty morning）だった、
それからアエ、ハブ、エテン、プレンテ（I have eaten
　plenty）、
それからアエ、アン、ナタ、ハングレ（I am not hungry）、
それからユウ、アーラ、ナタ、ハングレ（you are not
　hungry）、
あの日わたしははじめて彼の言語に触れえた、
触れてみたら、
言語に対して嫉妬を感じた、
この言語をもって、彼は外界とつながっているのである、
彼は書き、人びとが読む、それは残る、
しかし今、彼はわたしに、その残る言語でもって話しか
　け、
言語はわたしの言語とまったく同じように、声に出て消

えてしまう、
消えてゆく言語はスウィートだ、
関係がそこで消えても、
彼の記憶がそこで消えても、
声に出し消えてゆく言語はとてもスウィートだ、
もっとべんきょうしてせめてあの男の子たちのように、
彼の言語を理解できるようになりたかった、
後悔はわたしを嘆かせる、
それでもわたしが声に出して聞かせる言語は彼をきちがいにさせ、
彼はそれについてずっと考えているというのだ、
彼の背中のそばかすたちが、
わたしの言語におどらされて、うごく、うごく、
彼の太い腕にとってわたしは、
どんなにか軽いだろう、小鬼か妖精のように、
わたしの言語は彼の声を濾過して自由になり、
彼の体温や彼の体臭に変化して、
わたしにからみついて消える、
彼は言語でもって、
わたしの存在をほじくりかえし、
小鬼や妖精の棲みついてるためにとても重たいわたしの、
皮膚を唇を、
見つけ出す、
見つめる、

＊熊本滞在時代につくられた小泉セツの英語覚え書帳から引用・参照箇所あり。

犬語の練習

声の出ない犬をひろいました。わたしは犬の耳に向かって言いました。

「おまえはもともと飼い犬だ。呼べばこっちを向くから飼い犬だ。おい犬（こっちを向いた）。ほらおまえは飼い犬だ」。でも、犬はうんともすんとも言いません。

「わたしはもともと犬がきらいだ。犬は吠えてうるさいからだ」とわたしは犬の耳に言いました。

「わたしは犬を飼ったことがない。わたしは猫は何匹も飼った。わたしは猫が好きだ。猫は静かだから好きだ。吠えない犬なら飼ってもいいと思っていた。人間と同居したいというなら、犬は、声帯を摘出しなくちゃいけない」とわたしは犬の耳に言いました。

「声帯を摘出してみたらどうか」とわたしは犬の喉を撫でながら犬の耳に向かって言いました。犬に触った手はとても臭いので、わたしは手を洗いました。

「吠えも唸りもしない犬が、この世の中にいるとは思わなかった。でもおまえがそうだ」とわたしは犬の耳に言いました。

「おまえは口を使わない。でもおまえは、わたしの声を聞くことができる。聞きたくて聞いているふうではないけれども、一時も早く聞くことから解放されたいというふうでもない。きっとおまえは理想的な犬だ」。わたしは犬のしっぽをふんづけました。犬はだまってとびのきました。「おまえはふんづけられても口を使いたくないんだ」

わたしはまたふんづけました。犬はだまってわたしの足を咬みました。「理想的な犬だ、おまえは」とわたしは犬の耳に向かって言いました。

「去勢した猫は静かだった。わたしは静かな猫が好きだった」とわたしは言いました。「去勢した猫を何匹も飼った。猫を何匹も去勢した」

「猫は、去勢するとたちまち無口になった。無口になってぶくぶく肥った。去勢した猫は見ただけですぐわかる。猫というよりじゅうたんだからだ」とわたしは犬の耳に言いました。「おまえを去勢したい」とわたしは犬の耳に言いました。犬は何も言いませんでした。

「おまえの生殖器を切り取らせてください」とわたしはかさねて言いました。犬は何にも言いませんでした。

口を、しゃべることに使わない犬は、食べることにも使いませんでした。「食べなさい」とわたしは犬の耳に言いました。わたしは、牛乳を犬の前に置き、卵黄を置き、肉も置き、そのたびに、「食べなさい」と口で犬の耳に向かって言いました。犬は食べませんでした。一日に数回水をのむ。それだけ。うんこもしません。食べ物は、すぐに腐り、わたしはそれを捨てました。それから、新鮮な牛乳、新鮮な卵、新鮮な肉を犬の前に置き、「食べなさい」と犬の耳に向かって言いました。

犬は食べませんでした。食べない犬はただ水を飲みました。「わたしはおまえにものを食べさせたい」とわたしは犬の耳に言いました。「ぜひ食べさせたい」

「食べなさい」「食べなさい」「食べなさい」「食べなさい」「食べなさい」「食べなさい」「食べなさい」

犬は食べませんでした。犬は食べません。「おまえは子宮を取った雌という可能性もある」とわたしは犬の耳に言いました。

「食べなさい」「食べなさい」「食べなさい」「食べなさい」

「食べなさい」「食べなさい」「食べなさい」「食べなさい」

「食べなさい」「食べなさい」「食べなさい」「食べなさい」

「食べなさい」

犬は何も食べませんでした。

「おまえはとても臭い」とわたしは犬の耳に言いました。

「おまえにさわったあとは必ず手を洗う」とわたしは言いました。「おまえの気持ちを考えれば洗いたくないが、やはりそれは、洗わずにはいられないほど臭い」とわたしは言いました。

「おまえの口はとても臭い」とわたしは言いました。「息をとめるか顔をそむけるかして、おまえの口臭を嗅がないようにしているのについ嗅いでしまう。吐きたくなることもある。わたしはそのにおいを嗅ぎたくない」とわたしは犬の耳に言いました。

「臭い口は切り取ってしまえ」とわたしは犬の耳に向かって言いました。

犬は横たわって、目をつぶっています。犬の肋骨が浮きあがっています。わたしにはもりもりと食べたい食欲があります。わたしは食べものを用意しました。「役立たずの口」とわたしはものを食べながら、犬の耳に向かって言いました。

「咬みつくしか能のない口、役立たずの口、臭いだけの口」と食べながらわたしは言いました。「そんな口は切り取ってしまえ」

犬の耳にわたしは言いました。「切り取らせてください、おまえの口を」

切り取ってしまいたい臭い口の犬は大きい耳をしていま

した。ときどき、耳の表面を、蚤が走っていくのが見えました。蚤はときどきわたしを咬みました。しつこい痒みがいつまでも残り、掻くと、爛れた湿った穴が皮膚に空きました。湿った痒い穴は皮膚のあちこちに空きました。犬の皮膚には、爛れた蚤の穴は空きませんでした。犬には毛が生えていました。蚤は耳や目の周囲をときどき走っていきました。目のふちに、ヤニのふりをしてとまっていることもありました。そしてわたしの皮膚には、爛れた痒い湿った穴が、つぎつぎに空いていきました。

「砂漠に住む耳の大きなキツネを、動物園で見たことがある」とわたしは蚤の走る犬の耳に言いました。「夜行性の動物たちのための、特別の照明と空調のある檻で、耳の大きなキツネは耳を立てて歩きまわっていた。わたしがそこにいてキツネを見たのは、ほんの数分だったけれど、キツネはずっと歩きまわっていた。たぶん、一日中そうして歩きまわっているのだと思う。キツネは何を聞いたのか」

とわたしは蚤の隠れてしまった犬の耳に言いました。犬は何も言いませんでした。

「キツネは何を聞いたのか」とわたしは言いました。犬は何も言いませんでした。

「耳を澄ます耳は切り取ってしまえ」とわたしは犬の耳に向かって言いました。

「蚤の走る耳も切り取ってしまえ。おまえの耳を、わたしに、切り取らせてください」

「おまえの口も切り取らせてください。おまえの、口から胃や腸につながってゆく管を、わたしに切り取らせてください。そんなものは切り取ってしまった方がいいんだ」犬は何にも言いませんでした。

「おまえの生殖器も、耳を澄まそうとする耳も、切り取らせてください、わたしに」とわたしは言いました。

犬はそれから死にました。食べないのは、意志だったのか病気だったのか、わかりません。犬はわたしのベッドで死にました。わたしは眠っていましたが、寒いのと、臭いのとで目を覚ましました。死んだ犬は体温がなくなっていたので、わたしはとても寒かった。死んだ犬の肛門がゆるんで、便が出たようです。犬の耳は大きく開いていました。

死んでしまいましたから、犬に食欲は期待できません。

でも、まだ耳が残っています。ピンと張った耳です。この耳が腐って溶けてなくなるまで、まだ時間があります。

それまで、わたしはおまえの耳に向かって、この同じ言語で、こうやって話をしていいだろうか。「いいだろうか、犬」とわたしは犬の耳に向かって言いました。「聞いているだろうか、犬。死んでも、おまえは、わたしにとってのしゃべらない、食べない、飼い犬であることに変わりはない」

見失った子

コドモを見失ってしまったのでわたしは動物園に戻りました
大きな動物園でした
わたしは切符を買って入り口に立ちました
すみませんがとわたしは切符切りのヒトに聞きました
髪の黒い青いコートを着たコドモを見ませんか
見ませんねと切符切りのヒトは言いました
わたしは動物園の中に入りました

ゾウのうんこがありました

おおきいゾウはおおきいうんこと一時間前にコドモが言いました
これはコドモが絵本で覚えたことばです
ゾウを見たことがないときからコドモはゾウのうんこについて知っていました
一時間前に見たのはコドモの人生で四度目の新鮮なゾウです
さらに新鮮な子ゾウはこないだ生まれました
まだ一般公開されておりません
立て札には公募してつけられたなまえが書いてありました
さっき読んだのでわたしはそれを知っています

アニーちゃんです

すみませんがとわたしはゾウを見ているヒトに聞きました

髪の黒い青いコートを着たコドモを見ませんか
見ませんねとゾウを見ていたヒトは答えました
わたしはカバの檻へ行きました

カバはいませんでした

カバは一時間前もいませんでした
おーい、カバくんと落胆したコドモは一時間前に言いました
これもコドモが絵本で覚えたことばです
すみませんがとわたしはそこにいるヒトに聞きました
髪の黒いコートの青いコドモを見ませんか
さあとそこにいるヒトは答えました
わたしはサイの檻へ行きました
これはカバでもゾウでもないと一時間前にコドモが言いました
じつに新鮮な認識です
コドモの読む絵本の中には
ゾウのうんこやカバ以外にサイも描かれてあったということを
コドモは昨夜認識しました

新鮮な認識です

そこで今日わたしたちは動物園に来ました
すみませんがとわたしはサイを見ているヒトに聞きました
髪の黒いコドモを見ませんか
男の子？　女の子？　とサイを見ていたヒトは聞きました
女の子でしたとわたしは言いました
知りませんとそのヒトは言いました

わたしはアシカの檻へ行きました
アシカはくねって魚を食っていました
そのずっと以前からそこにはみょうな声がひびきわたっているのでした
それは
おいおいおいおいおいおとといぽいぽいぽいぽいぽいぽいぽいぽぽぽいぽいと聞こえてきました
シロテナガザルは毎朝毎夕にこれを歌いますと檻の説明には書いてありました

（宗教のように）

わたしは声を聞きました
ヒトの声にとてもよく似ていました
髪の黒いコドモを見ませんかとわたしはそれを聞いているヒトに聞きました
青いコートを着ているんです

どうですか。これはケチャそっくりじゃありませんか。ケチャは聞いたことがありますか。バリですよ。ヒトがサルのまねをしたのですか。サルがヒトのまねをしたのですか。なんにしても共生する動物たちは同じ発声同じ抑揚同じ表情、緊密な関係がそこにあるということがこれで証明されたわけですよとそのヒトは言いました
わたしはアラスカオオカミの檻に行きました

アラスカオオカミの檻の隣はコヨーテでした

コヨーテの檻の隣はディンゴでした

ディンゴの檻の隣はジャッカルでした

ジャッカルの檻の隣はリカオンでした

イヌたちは檻の中を行ったり来たりしていました
目は小さく耳は三角でした
わたしはイヌを見ているヒトに聞きました

髪の黒いコドモを見ませんか
赤いコートを着ているコドモじゃありませんか、髪のとても黒いとイヌを見ていたヒトは言いました
さっきその辺で見たような気がしますけれど知りませんとそのヒトは言いました
わたしはライオンの檻に行きました
ライオンは禿山にいました

その向かいはヒョウの檻でした

ヒョウの隣はピューマの檻でした

ピューマの隣はクロヒョウの檻でした

クロヒョウの隣はヨーロッパヤマネコの檻でした

ヨーロッパヤマネコの隣はヨーロッパオオヤマネコの檻でした

ヨーロッパオオヤマネコの隣はアメリカオオヤマネコの檻でした

ヤマネコたちは行ったり来たりしていました
わたしはネコを見ているヒトに聞きました
髪の黒いコドモを見ませんか
いいえ見ませんとネコを見ていたヒトが言いました
わたしは禿山を見ているヒトに聞きました
髪の毛の黒いコートの赤いコドモを見ませんか
さあと見ていたヒトは言いました
わたしはツルの檻に行きました
ツルの檻には数種のツルと数種のサギが入りまじっていました

ニホンのカゴシマ産ナベヅルは檻のきわまで来てヒトビトを見ていました

わたしは夜行性動物の檻に行きました
そこは夜でした

人工の夜でした

砂漠の中でオオミミギツネが行ったり来たりしていました
砂漠の夜の隣はタスマニアの夜でした
タスマニアの夜の隣は東南アジアの密林の夜でした
照明はうすぼんやりしていて
樹の上にいるモノの正体は不明でした
わたしはそこにいたヒトに話しかけようと
するとばさばさと音がしました
白いヒトの顔
白いフクロウの鼻のない顔が飛んでいたのです
あれが人面フクロウとそのヒトが連れていたコドモに言いました
色の白いコドモを見ませんかとわたしは聞きました
色の白いコドモなら爬虫類両生類館の前で見たような気がとそのヒトは言いました
明るい外に出て
わたしは爬虫類両生類館に行きました

そこは高温で多湿でした

ヘビは砂色か草木色か日の光みたいな原色でした
イモリは高温で多湿でした
コドモを見ませんかとわたしは汗をかいているヒトに聞きました
どんなコドモとぬれたヒトが言いました、背かっこうや着ているものの特徴は
背かっこうは並でした、とくべつ大きくも小さくもなく
一人で歩いてしゃべれる程度で、着ているものはたしかに赤でしたが加減によっては緑にも青にも見えました、
とくべつ大きくも小さくもなくとくべつみにくいわけでもかわいいわけでもなく太ってもやせてもいなかったのです
ああああの着ているものは赤か緑か青で大きくも小さくもみにくくもかわいくも太ってもやせてもいないコドモならとぬれたヒトは言いました
見えなかったんです

外に出て
わたしはシロフクロウの檻に行きました
空調設備のない大きな檻が戸外にありました
シロフクロウが檻の中のあちこちにとまっていました
一羽がこっちに背を向けたまま首をくるりと回転させて
　こっちを向きました
それはヒトの笑い顔によく似ていました
でもヒトにしては頭が丸すぎました
それからまたくるりと回転させてあっちを向きました
それからまたくるりと回転させてこっちを向きました
やっぱりそれはヒトの笑った顔に似ていました
食いかけのシロネズミの死骸が足元に落ちていましたが
　とっくにひからびていました
それでシロフクロウはまたくるりと回転させてこっちを
　向きました

＊五味太郎、岸田衿子の絵本より引用・参照箇所あり。

断食芸の復興

カフカの予言どおり
断食芸は復興し
二十世紀末
断食芸人たちが
あちこちで人を集めました
その熱狂
死人も怪我人も出て
取り締まりがきびしくなりました

母は台所
からりと
てんぷらが揚がりました
あとはご飯を蒸らすだけ
母の口はとても大きい
姉は廊下で泣きはじめた
妹はテレビの前
父はいつか帰って来るでしょう

中の娘は働きもので
父を愛していました

これが娘の生い立ちです
今は売れっこの芸人になりました
顔つきはむしろ幼くなりました
骨格は人体の基本です
無月経は存在です
人はきれめなく集まります
ステージには
AV製品が取りそろえてある
コードがからまりあっている
その中で断食する
おむつを替えてもらうのはどんな感じだろう
と娘芸人は夢想しました

ニホン語（抄）

ハッピー、デストロイイング

＊シンガポールで朗読する

わたしのムスメたちはニホンで待っています
（とわたしはアジアの人たちに言いました）
泣きながら
母をこいしたいながら
下のはまだアカンボですから
母がというより母の乳房がこいしい
あわれなことです
（アジアの人たちは笑いました）
それからわたしの詩の中にはくりかえす箇所がなんども
出てきます
意味としては、そうですね
ハッピー、デストロイイング
あるいは、コングラチュレイション、ユア、デスとか
まあ直訳ですけれども、そんな感じなんじゃないか

（アジアの人たちはいっせいにおどろいてみせ
そして笑いました
英語、タガログ語、イロカノ語、セブワノ語
タミル語、中国語、マレー語、英語
タイ語
英語、中国語、マレー語
タミル語、バハサ語、ジャワ語でしゃべる人たちが笑っ
　ています
ほんとに彼らの反応はあかるい）
（わたしも笑いながらつづけます）
新年、結婚、葬式、どれもこれも同じようなことばで
いわいます（いわわれます）
それは
善も悪も生も死も食べたいも出したいもうれしいもかな
　しいも
一緒くたにこめられた
ふけつで
あかるいことばです
（おじぎします

わたしは床にすわって手を前につき
ふかぶかとおじぎします
ふかぶかとふかぶかと
おじぎします）
ニホンではみんなそんなふうに朗読をするのか
おじぎをするのか
（とフィリピン人の女は聞きました）
みんながハッピー、デストロイイングと言い合うのか
（とジャワ人の女は聞きました）
どうでしょうか
ええ、ニホン人はみんなします
そうね、ニホン人はみんな言います
（とわたしは答えました）

先日、夫とわたしは、住み移る家をさがしに行きました
熊本です
東京へ飛行機で一時間半、韓国の方がまだ近い
そこに生えてる木は東京より雲南ににているという話で
す

行ったことはありませんが、中国の南の
雲南、という
(中国人が中国語で「雲南」を発音し
みんなに英語でおしえました
英語の「雲南」中国語の「雲南」)
ニホン人が家をさがす基準としては
陽あたりがよい
水はけがよい
陽あたりがわるいと布団を陽にふくらますことができま
せん
水はけがわるいと湿気が抜けず
蚊が繁殖してアカンボや年寄りを刺しころします
(みんな笑いました)
でも夫とわたしがさがしていたのは
青い空、多少の湿りけはがまんしますからみどりの水田
竹藪、おいしげる雑草
秋には柿の木に実がなっているような明るい一軒家でし
た
そして歩いていきますと

柿の木、竹藪
考えていたとおりです
竹藪のうしろは崖
崖のうしろはなんにもなく
北向き竹藪の中の崖っぷちに
くずれおちつつ古い家屋
わたしたちが見たかった家は建っていました
こども用自転車が家の脇につぶれていました
やめた方がいい
と夫がいいました
こんなボロ屋じゃ直したって直したってきりがないし
トイレだってきっと汲取りだ
うちの娘たちはきっと崖から落ちる
うちの娘たちの自転車はきっとつぶれる
と夫がいいました
遠くはなれたところから来たの
とどこかのおばさんが子連れのわたしたちに話しかけま
した
ええそう

とわたしは答えました
崖の下は今は枯れてるが夏は草ぼうぼうの河原になる
川はたびたびあふれて
そのたんびに汚物や死骸でいっぱいになる
わたしの家もなんども水びたしになったと
話しかけた年取ったおばさんはいいました
わたしたちは帰りました

わたしは三三歳
更年期あるいは厄年
べつに生理的なものだけでなく、あらかじめ
すべてのニホン人に三三という年が（更年期として）
（厄年として）あたえられているというわけです
ムカシなら高年齢出産や閉経ごときで
容易に人は死にました
そこで今でも三三には
病気になる、怪我をする、流産、難産、人も自分もよく
　死にます
悪化する変化には用心しなけりゃなりません

さいわい
今年は猫がなんびきも死にました
犬に咬まれ
車にひかれ
水で溺れ
煮え湯に落ちて赤裸
最後のは、奇形に生まれて衰弱して死にました
猫は厄をひっかぶる
自分の厄を肩がわりさすために
ニホン人は（わたしは）
猫を飼います（飼いました）
（アジアの人たちはおおおおと口を丸くします）
さて、わたしの猫が死んだからわたしの厄は落ちました
厄は落ちたからさあ変化してもよくなった
新しい家にうつってもいいのである
でも、わたしたちの家はみつかりません
湿り気が多く蚊が多く陽あたりのいい住める家はまだみ
　つかっていません

トランス、ポピュレイション

*クマモトに住む、トーキョーに行く

住む家はクマモトの湿った原っぱにたっていました
溝が家をとりまいていました
トーキョーではもう二〇年も前に
溝は暗渠になっています
溝がおおいのが気にかかる
暗渠でなければならない
今は枯れはてて蚊もいませんが
夏になれば
草はのびるし蚊もわくし
水がにおうようにもなるでしょう
そしたら住みにくくってたまりません
蚊はニホン脳炎を媒介します
この溝はかならず
わたしたちの住む家を水に浸し
わたしたちを蚊に食わせ
発熱をおびき出します

トーキョー、イズ、ア、カインド、オブ、ルーイン
(とわたしは言いました)
汚いし
無秩序だし
なによりも安全
外人がどこにでもいて
だれもそれを気にかけず
同時にニホンは
おそろしく閉鎖的
ニホン人は閉鎖的
高慢で
傲慢です
言うだけでも
舌がよごれる口が腐れる
トーキョーに行けばそりゃトーキョーはわかりましょう
トーキョーに行ってトーキョーをわかろうっていうのも
　ひとつの方法でしょうが
トーキョーに行かずにトーキョーをわかるのもひとつの

方法です
トーキョーに行けばたちまちわかることでも
行かなくてわかることだってある
聞いてください
わたしはトーキョーで生まれて育ちました

トーキョーの裏町で生まれて育ちました
今でも路地を入ると
人がぬくぬくと立ちばなしをしています
わたしを見ると
ひろみちゃんかわんないねえ
とじっさいは三〇年がたったというのに
人は言います
そこには三〇年前の
わたしのともだち、あそびなかまたち
だれちゃんかれちゃんが
よそでコドモをうんで親のところに帰ってきてたり
結婚せずに親のところに残っていたり
ひろみちゃんかわんないねえ、と自分のことは棚にあげ
てわたしに言います
正月にはおめでたい縄や松
おめでたい縄や松
三〇年前の顔たち

わたしはとっくにトーキョーを捨てました
コドモをうみに
一時的にトーキョーに帰ったのは三年前でした
生まれ育った山や川
生まれ育った山や川
谷も原も山も川もトーキョーの中にあった
コドモはトーキョーでうみました
わたしのコドモは将来どこに根をおろそうと
トーキョー生まれということになる
しかしコドモは平坦な
高低のない
ニホン語をしゃべりはじめました
わたしの言語ではありません
わたしにはコドモの言語は平坦に聞こえます

ぶざまです
こうなるとコドモの平坦な顔さえぶざまです
誰に似たのか平坦な無感動なマゾヒスティックな幼児の
　顔はぶざまです

血縁はいません
土地は持ってません
猫は
連れていきます
猫は
子宮も卵巣もない
一〇歳のメス猫です
この猫はぜひともトーキョーからいっしょに連れ出さな
　くちゃなりません
そのためには
三〇年前の古人形も連れていかなくちゃなりません
人形の皮膚は変色しています
そのためには
綿のはみ出した犬も連れていかなくちゃなりません

縫っても縫っても綿は出ます
そのためには
庭木たちもひっこぬいて連れていかなくちゃなりません
フジ、ツツジ、サツキ、リュウノヒゲ、ミヤコワスレ
そのためには猫の水のみも猫の毛布も
連れていかなくちゃなりません
そのためには
猫の飼い主とその妻も連れていかなくちゃなりません
もちろん猫の死骸も連れていかなくちゃなりません
猫は死にました
道端で
つめたくなって
かたくなって
抜け毛を散らして
一〇歳のメス猫が伸びているのを見たとき
わたしは最終的にトーキョーを捨てた
ダンボール箱を取り出して
そこに父やら母やら猫の死骸やら猫の毛布やら
古人形やら

庭木やら泥やらを
つめこみはじめました
作業はまだ完了していません

先日トーキョーに行きましたら
町のいちばん賑やかな場所が
瓦礫の山でした
人が死んで血がながれた痕があちこちに残り
犬のうんこがやり捨ててありました
犬のうんこと言いましたが
もしかしたら人糞かもしれない
犬にはあるまじき黄色い軟便でした
麵入りのげろはそのそばで乾き
外人が布をひろげ
価値のない絵をならべていました
どこかでコドモが泣いていました
救いのない泣き声
すぐに泣きやみ
親がののしり硬い音がして
またコドモが泣きました
人どおりは切れ目がなく
外人が絵をならべ
コドモはまだ泣いています

ステップ、オン、ザ、ガス

＊ポーランドに住む

左ハンドル右側通行は必須です
ただ走るのは問題ない
問題は右折、左折
右方優先といった場合の右とは右であるか左であるか
その右といった場合の右とはどちらの右であるか
わたしが走ろうとしているのは道のどこなのか
わたしは左に寄る
つい左に寄る
そこで混乱する
右側通行は必須です
そこでわたしはつい右でも左でもない部分を走ろうとす

る
そこはありません
ここに
ポーランドの地図があります
ほぼ緑色の地図であります
これはどこも平地である草が生えているというしょうこ
　です
緑色から南下して黄色
大地にはみるみる皺がよって赤色になり
高低がある地面がうねるということをしめしています
うねる地面にはしばしば雪がふり
すべてがもやもやとぼけてしまうのです
国境は四方にあります
山地の国境（夕焼けのような赤、血のような）
湿地帯の国境（水のような緑に青で斜線）
西側へつながる国境（単純な緑におびただしい丸と線）
海の国境（青と白）
給油所
には列ができています（いつものことです）

五百メートルの車の列を消化するのにほぼ四十分
四十分後にわたしはガソリンを買います
車はエンジンをとめて
そこにいます
一台がさきへすすめばさきへすすむ
そのたびにいっせいにエンジンが始動する
ブレーキ灯が点く
従業員がホースを持ってきます
着ぶくれしています
寒いのです
ホースから渦を巻くガソリンが噴出します
これは地球の自転によります
ポーランド人とわたしは
寒気にさらされながら
地球とその自転を凝視しています
道を
走り出します
中古の「ポロネーズ」色は白
ポーランドではごく一般的な車です

しかしわたしの車は
運転席側のドアがあきません
助手席側からギヤをのりこえて出入りします
後部座席の左側のドアもあきません
方向指示器が前方の片方割れています（点灯はします）
ライトが四つのうち三つ点灯しません
対向車からつっこまれる可能性もここにあります
アクセルがある程度までは踏めてもそこでひっかかる
踏みこむといきなり
発進します、飛び出し、衝突の可能性もここにあります
ハンドブレーキは錆びています
（ギヤはバック、ハンドブレーキを引いて駐車完了）
そんな論理は適用しない
ここではまったく適用しない
夜間、零下十度二十度に下がる
ハンドブレーキごと凍りついてそのまま一冬
車が動かなくなる可能性もある
いずれにせよ
ただ走るためには問題はありません

イェステム（ぼくは）
マーウィ（ちいさな）マチェク（マチェクくん）
後部座席でニホンのこどもがうたっています
コドモは幼稚園でそれをならってきた
そのつづきもこどもはうたうのに
残念ながらわたしには意味がわからない
イェステム（ぼくは）マーウィ（ちいさな）マチェク
（マチェクくん）
ここはわかる
くりかえしの部分はわかる
ポーランド語は耳に聞こえてくる
子音が連続する
ｚが何種類もあり
ｗはくちびるを歯でかんできしみ出す
ｒは口蓋で舌をふるわせる
ｗとｚとｒ、ｐ、ｋ、ｓが連続してきしむ
波状にうねる土地に雪が
連続して連続して
ふりしきる

フロントガラスに
湿気のない雪はさらさら落ちる
ワイパーを作動すればかえって
フロントガラスは汚れていく
洗浄液を買わなくてはいけない
ぴゅーと噴きあげてガラス面をなめらかにする
見通しをよくする
クリアする
洗浄液をポーランド語でなんというのかどこで売ってい
　るのか
ほんとに売っているのか
わからない
ほんとにわからない
内部が温かいので窓がくもる
身をのりだしてわたしの前を拭きとる
そのたびに車がふらつく
脱輪する可能性もここにある
窓を内側からクリアする機能はあるはずだった
ポーランド語が読めないので

車の解説書が読めない
解説書ならそこにあります
ルームミラーをのぞく
バックガラスも曇っている
あそこも何か
クリアする
クリアにする
これは英語です
クリア
これは動詞でもあり
形容詞でもある
クリア、クラリ
クラーリファイ
時間です
時間はない
いえ足りないという意味のないではなく
ただ存在しないのない
道が上下にうねるのが見え
近づくとただの平坦な坂道になる

それをのりこえる
のりこえるとまたつぎのうねりがうねる
歪んだヤナギの木がうねりの上にならんで
不断の雪がふりしきる
フロントガラスに触れて溶ける
クリア
遠くに澄む
澄み切るクリア

ムーヴィエン、ポ、ポルスク
＊ポーランドに住む、パリに行く

わたしはまずテレビを見ることにしました
そこでわたしは終日テレビを見ました
それは退屈ではありません
わたしはテレビの画面を見ました
それは退屈ではありません

とつぜん腕をつかまれたのでふりむくと
小さな皺くちゃのアジア人のばあさんが
わたしの顔を指さしたことがありました
ばあさんは言語でモノを言ったのでした
（そこに第三者が介在していればあの言語はこの言語に
言い換えられたのです）
そして春巻を一本くれました
長いうれしい脂っこい春巻

言語でヒトにモノがつたえられないので
幼児は泣いたのです
そしてうんと食べたのです
うんこを一日中したのです
意味はわかっています
不安です
水のような下痢は水のような不安です
幼児は不安の下痢を一日中したのです
不安のパンツをよごしたのです

言語でヒトにモノがつたえられずに泣いて食べてうんこ

した幼児は
数か月後（はるかな時間を幼児は言語なしですごしそし
てやっと）
「拒絶」する言語を習得したのです
いや
ない
だめ
できない
したくない
きらい、ばか、うるさい
それから「命令」する言語を習得したのです
たて
すわれ
だまれ
ひっぱれ
どけ、あっちいけ
それから人の名前を大声で呼ぶことを習得したのです
どうじに肉体の言語というものを習得したのです
下唇をつきだす（保留）

手をひらいて肩をすくめる（わからない）
ひざをたたく（主張）
人さし指を突き出す（威嚇）
挨拶はまだできません
こんにちは、ありがとう、さようならより
拒絶し命令し人の名前を大声で呼び肉体で表現する
拒絶し
命令し
人の名前を大声で呼ぶ
肉体で表現する

ニホン語のことはさておきます
外国語をしゃべろうとするとその文脈の中に
ポーランド語がひょいひょい入ってくるのです
とわたしはハルコさんに言いました
彼女はアメリカ人の夫とこの土地に住んでいます
わたしもそうですと彼女は言いました
ドイツ語でもフランス語でも英語でさえそうなる
と語学に堪能な彼女は言いました

夫はそんなことはないらしい、なぜってやはり
英語は彼の言語だからと彼女は言いました
つまりこういうことです
後天的に習いおぼえ
意識的に口に出す
文法を考えて組み立てる外国語
その過程で混入するわけです
ハルコさんは日常を英語ですごす
わたしは非日常をかつがつしゃべる
ポーランド語の能力だってハルコさんの方がまさってい
　る
わたしはキャベツと酸っぱい牛乳を買うことができる程
　度なのだ
つまり受ける衝撃はわたしの方が強い
とわたしは言いました、基となるべき貧弱な
英語能力は完膚なきまでに打ちのめされた
語彙に突発的に混入したポーランド語は
文法におよび発音におよび
ろれつがまわらなくなり

もはや何を言いたいのか何語をしゃべってるのか
しゃべる気があるのかないのか
まったく自分でもわけがわからないのである
じっさいわたしはその時点でしゃべる気をなくしている
そしてだまることになる
土地の言語
日常見聞きしている
というだけで混入をとめられない
これは生活に
くわえられる不断の暴力土地に
付随する強引な不
随意な念力

機能障害です機能
停止を指示します、超能力を獲得
したいとおもいます（念動力）
言語を切断したのです（透視力）
（読心力）
言語はきっと

ヒトにモノをつたえる手段ではない、わたしはむかし言
　語で
ヒトにモノをつたえるのがとても
とくいでした、たくさん書きましたしゃべり
ました、書いたモノは出版されもしたものです

一人でいけます
地下鉄にのっていくんです
きっぷは自動販売機でかうんです
地下鉄のドアは手でひらきます
自動的にとじます
緊張して座席をみつけそこにすわり目的地をまちます
地上には巨大な建物が打ち建っています
エスカレーターが空たかくつづき
わたしはどんどん上へあがっていけます
はるかな曇天
その曇天
みなれない街なみ
みたいものははじめからわかっていました

そこにあるそれ
言語を流しつづけるテレビ画面です

＊ポンピドゥーセンターでBRUCE NAUMANの「GOOD BOY BAD BOY」を見た。
＊ムーヴィエン、ポ、ポルスク――わたしはポーランド語を話しますの意（ポーランド語）。

まだらネコが空を飛ぶ

妻が死んでから空ばかりうつしていた、と荒木さんはい
　っていたから
空を見なければならないような気がする
迷彩色の空
光が移動するところをずっと見ていた
わたしは犬を飼うことを話しつづけた
相手に
声として生きようとするときは

相手にむかって話しつづけなければならない
相手は賛成してくれた
それは七歳の娘だ
犬を飼うことを話すようになって
それまでの話題は話されなくなった
それまでの話題はここからの移動だった
それから
抹殺、消去
したいのは自分の感情を消し去ること
あのね、とわたしは話しつづけた
七歳の娘にわたしは話しつづけた
自分の意識を消し去りたい
存在を消し去りたい
（それはどういうことなの、おかあさんはなにをしたい
　の）
あのね、とわたしは話しつづけた
星をつのにくっつけた雌ウシね、ああいうのなのよ、あ
　たしのしたいのは
あのね、窓から飛びおりたまだらネコみたいなのよ、あ
　たしは
絵本に出てきた雌ウシもまだらネコも
ずっとおどりつづけていたでしょう
そして靴をぬいだ
さあおしまいだ、とまだらネコは考えた
足が、ほら、おどりつづけてこんなにゆがんでしまった
感情を表現しようとしてきた
でもふっとまだらネコは考えたのだ
表現すべき感情なんてものがいったいあるのかしら
ちがう、うまくいえない
どこかで、男の人が怒っている、声がきこえる
感情なんてものがいったい、どこにあったのかしら
それでいい、と男の声が語っている
音楽からきこえてくる
なぜわたしは、一日中、男の声を聴きつづけているのか
いつも男が語っている
ぜんぶわかるわけではない、わたしの言語ではないし
ときどきわかる言葉がある
意識に飛びこむ、音楽のあいまに

青い青い窓が星のむこうに、と男の声が語る
感情が妨害する、と男の声が語る
おびただしいチョウがはばたいていた、と男の声が語る
あるいはただハミングする、声に似た楽器の
弦
きしむ
建物の崩壊する鉄筋が露呈
人の神経もあのようにむきだされる
皮膚も筋肉も脂肪もそれをおおわない
時間に触れる、空間に触れる、言葉に触れる、外界から
　のあらゆる刺激に触れる
あのじつは、あたしが、こうして生きているそのわけは
人を殺したいからなのです
殺される危険をかんじていたいからなのです
生きのびられずに殺されてしまってもいいかと思います
男と性交するそれを楽しむというのは
なんと、殺される感覚に似ていると
人を殺したい
もちろん現実の中でそんなことできるわけもないから

わたしは考えたのです
妊娠して中絶しようかと
それがわたしの考えうるぎりぎりの
安易なかたちの殺人だったわけです
わたしはずっと中絶なんて殺人でもなんでもない
ただの排泄だと言ってきたのに
荒木さんはこの変化を笑うでしょ
でもね、ペニスと性交して快感を味わうのはそういう感
　覚だったんですよ
わたしはそこに直面したかった
そこ
(それはどういうことなの、おかあさんはなにをしたい
　の)
殺される危険のただ中で殺す欲望にとりつかれたい
鋭いものがわたしの皮膚を裂いて
肉をつきやぶり内臓を引き裂いて
暴力的に消去されたい
性愛というのはこういうものなんじゃないかと
そのときに感じる痛み、とても致死的な

ええ、痛み、とても致死的な、それはけっして快感なん
　かじゃない
ともすればそれは快感なんだとわたしは考えようとしま
　すが
ちがう、それは快感じゃない
痛みですよ、ただの
とても痛い、悲しくもなんともないのに涙がとまらない
　ような
そんな痛いだけの痛みです
音楽がわたしの皮膚を突き破ってきます
わたしは音楽をききます
いっときも音楽なしではいられないんです
なんでもききますよ、クラシックもロックも西欧以外の
　民族音楽も
音楽は暴力的にわたしの皮膚を突き破ってきます
(おかあさんはなにをしたいの)
男の声を聴きたいの
低い声を
ええ、それは快感なんかじゃけっしてない

ネコの家人

ネコの家人

はっと窓を見ると、そこにネコがいて、口を大きくあけてこっちを見つめて鳴いているが、サッシの窓は閉まっているので、声はなにも聞こえない。口のあくのだけが見える。こっちを見ている目と表情も見える。どのくらいそこで辛抱づよく鳴きつづけていたのか知らない。あけてやると、遅かったじゃないか気づくのがほんとに遅かったじゃないかと言いたげなようすで入ってきて、そのへんを点検し、ひとしきり鳴いて、すうっと、トイレの窓から外に出ていって、はっと気がつくと、窓ガラスに顔を押しつけてネコが鳴いていて、声は聞こえないから無声映画でも見てるような気になる。あけてやると、長い間待ってたんだよほんとに待ってたんだよと言いたげなようすで入ってきて、そのへんを歩きまわり、ひとしきりからだをこすりつけて、またすうっと、トイレの窓から外に出ていって、はっと気がつくと……というく

りかえしを一日に何回やってるのだろう。わたしは、家の中にいるかぎり、いつもいつも窓を、ネコに開けさせられているという被害妄想におちいりそうになるが、しかし冷静に考えてみれば、そういえばもう半日もネコの姿を見ていないじゃないかということにもしょっちゅう気がつくのだ。そうなると、轢かれて死骸になってるんじゃないかしら、その死骸を発見したときはどんなきもちかしらと、したくもない想像をむりやりさせられているというべつの被害妄想におちいりそうになる。つまりネコは、一日中、窓から入ってトイレから出る窓から入ってトイレから出るをくりかえしているわけじゃない。そのしょうこに、誰もいないときに、ネコは、二階の窓を勝手にあけて入りこみ、子どものベッドで寝ている。またここにいたあ、とベッドをとられた子どもがさけんでいるのをたびたび聞く。そういう民話があったっけ。だれだ、おれのベッドに寝たやつは、と大きいクマと中くらいのクマと小さいクマが交互にさけぶのである。二階の窓を開けられるんなら、どうでしょうか、いつもそこから出入りしてくれませんか、とわたしはネコになんどか頼んでみたが、頼まれごとをされているネコは、何もできない何もわからないふりをする。トイレの窓だっていつもあいているわけだし、こっち側から出ていくだけの技量があるなら、向こう側から入る技量だってあるはずだが、どうも、てまひまかけてこそネコの飼い甲斐があると心のどこかでわたしは思っているらしく、ちっとも矯正しないまま、あいかわらずはっと気がつくと、ネコは窓の向こうにいて口をあけて鳴いている。家人はいないよりいた方が絶対いい、とネコは確信している、とわたしは思う。とくに家人がいないときにそう思う、と思う。しかし、家人が家に帰ってきさえすれば、もう、そんなことはどうでもよくなる。こんなとこにいたってしょうがない。ああ、息がつまるじゃないか、この家庭というやつは、とネコは思う、とわたしは思う。それより、一人っきりの時間がほしい。自由もほしい。で、外に出ていく。雨が降ってようが陽が照ってようが、かまうことじゃない。しかし外に出るとたちまち、家人が家にいるかいないか気になりだして、確認しないうちはおちおちテリトリーのみまわりもできやしない。で、それを確認しに帰ってくる。家人が家にいたからって、たいしたことをしてくれるわけでもないけれども、どういうわけか、いた方がこころよい。いや、いるかいないかよりも、自分のために窓をあけてくれるかくれないかだけでも、確認したい。ついでに、自分のために、缶づめをあけてくれるかくれないかも、確認できたらもっとうれしい。缶づめの肉が食べたくて、帰ってくるわけじゃない。まちがってもらっちゃこまる。自分はそんなにいやしくはない。たしかにあれはおいしいが、そんなことはどうだっていいのだ。問題は、家人がそれを、自分のためにあけてくれるかどうかだ。自分の存在に気づいてくれる。窓をあけてくれる。缶づめをあけてくれる。それさえ確認できれば、何もかも捨てて外に出ていける。じっさい中に入るやいなや、ネコはたちまちすうっと外に出る。もらった肉を食べもしない。あああ、息がつまる、だから家庭は性にあわない、イヌやウマなんて奴隷根性の活発なやつらならいざ知らず、自分らみたいな、根っから自由をもとめる動物にとっちゃ、どーもね。でも出ていけば、五歩も歩かないうちに、たちまち気になってくる。確認したくなる。気づいてくれるかどうか。窓をあけてくれるかどうか。缶づめをあけてくれるかどうか。それで窓ぎわにやって来てガラスに顔を押しつけてにゃあと鳴く。ほらほらほら、鳴いているんだよここで鳴いているんだよ、どうして気がつかないんだとネコは真剣である。気づいてくれるか、あけてくれるか、それさえ知られるなら、もうあとは何もかも捨てて外にでていったっていいんだ。(チューブについて)

非常口の購入

うちのそばのスーパーのペットコーナーに、ワラビーがいる。五八万円する。あそこでワラビーを売ってると友人から聞いたときには、まず、かわいそう、残酷、野生動物をなんだと思ってるんだ、ドリトル先生ならすぐ盗みにいくところだ、というエコロジカルな感想が湧いてでた。でもそれから、わたしは昼も夜も、ワラビーのことを考えつづけている。それで、昨日、とうとう見にいった。ワラビーは、狭い檻の中にいて、灰色の毛皮がふかふかしていた。秋田犬ぐらいの大きさだった。これなら飛んでもはねても、飼えないことはないと思った。それで、ますますわたしはワラビーのことばかり考えている。さっきもぼーっとしていたら、上の子が下の子に「だめだよ、おかーさんはワラビーのことしかかんがえてないもん」といった（のを小耳にはさんだ）。ちょうど、ある自然雑誌が、アカカンガルーの特集をやっていて、そこで、オーストラリアの自然がまざまざと見られる。それは広くて荒涼として乾いている。ワラビーよりは赤くて大型のアカカンガルーがそこに棲息して、跳躍したり交尾したりコドモを育てたりしている。カンガルーがめずらしいわけじゃない。カンガルーなんて動物園でいくらでも見られる。でも、動物園にいるかぎりは、それは、値段のつけられないもので、わたしは檻の外から、カンガルーを見るしかなかった。それは、ふれることも所有することもできないオーストラリアの空気や木々のにおい、ニホンの日常から隔絶した自由なんていうものと、たいしてかわりはなかった。でも、五八万円という値がついてペットショップにおかれたとたんに、買える、わたしのものになる、手に入るという可能性が出てくる。根源的な、すくいがたい、わたしの所有欲。

数年前に、近所のデパートで毛皮のセールがあって、わたしはその広告の中に、コヨーテをみつけた。わたしは矢も盾もたまらずに買いに走った。ニホンのクマモトは温暖で、ほとんど着る機会はない上に、一昨年わたしはフェイクレザーのコートを買い、今年はアースカラーのウールのコートを買った。でもわたしは、コヨーテを、たとえ死骸にせよ、所有している。コヨーテの死骸を手に入れたときから、わたしは、それが生前に住んでいたはずの北アメリカの大平原を考えつづけている。いつかネコが死んだとき、瞬間的におびただしく毛が抜けたのを見た。コヨーテの死骸は、死を具体化させるように、あたりいちめんに抜け毛をふりまく。五八万円は大金だ。愛車のミニカはたしかそのくらいだった。あのときは、クルマを買うかウマを買うか迷って、けっきょくクルマにしたのだ。ウマは買い方も取り扱いもわからなかったし、雨の日のコドモ二人の運搬という当初の目的をこなすことができなかったからだ。ワラビーは、ウマなみにも役にはたつまい。コドモの一人も運搬できまい。でもわたしは想像する。ただいまといってドアをあける。いつもは照葉樹林の湿気のようなネコの鳴き声が(存在も)全身にまつわりついてくる。でも、そのうしろに、ワラビーが、ぴょんぴょんはねているのだ。そのひと跳ねひと跳ねに、わたしはオーストラリアの乾いた平原を見る。ああ。ああ。ああ。しかし同時に、ニホン家屋を跳躍するワラビーは、そのひと跳ねひと跳ねに、鴨居にぶつかり、障子をやぶく。もはや、自分というヒトの一個体が日常の中で抑圧されている事実よりも、もっと考えなくちゃいけないものがほかにあるということを、わたしたちは知っている。楽しみに飼う動物は、イヌやネコなどすでに家畜化されたもの以外を購入するのは控えてほしいと、『野生動物消費大国ニッポン』という本で小原秀雄さんがいっていた。じつはこのごろ、動物園に行くのがこわい。動物の精神が不安定なのが、目に見えるからだ。昔は目に見えなかった。動物がいれば、それでわたしはうれしかった。でもこのごろは、ヒトは、コドモもオトナも精神が不安定になると行動がゆがんでくることを多少知っている。閉じこめられたときにもゆがみがあらわれてくることも知っている。一日中行ったり来たりしているオオカミ、うつむいてあしぶみしつづけるゾウ。わたしの見たところ、ペットショップのワラビーは、少し行動がゆがみかけてるようだった。わたしの偏見ならいいんだが、ものを食うようすが病的にせわしなく見えた。わたしの偏見ならいいんだけど。これが本来のワラビーのせわしないものの食い方だとだれかが教えてくれればいい。(非常口について)

棺桶

心身が不安定であるのは、あたしにかぎったことではない。ふふふ、カワバタさんやイナガワさんやタテハタさんだってしれたもんじゃない*。でもとにかくそういうわけで、仕事も恋愛も家庭生活ももたついて困る。ワープロをうつのももたついて困る。理由の心あたりは、更年期、恋愛のもつれ、夫婦の不仲、家庭の崩壊、いいえ、恋愛は絶好調だし、夫婦はまれに見る仲のよさだし、崩壊してるといえども家庭は機能している、かすがいの子らはかしこくてかわいい。更年期、うんこれはなかなか説得性がある。なんでもあの、権三とかけおちしたおさゐさんもわたしと同い年の三七歳だった。こないだは全身に皮膚病が出て、人に気味悪がられた。猫ノミは毎度のことだが、そんなもんじゃなかったから、医者にいったら、やみくもに検査された。血を取ったり皮膚を取ったり、たぶんエイズも検査されたんだとおもう。しかしそれは、名鍼灸師田中美津先生に鍼をうってもらったら、たちまち消えた。たまたまなおったような気がするけどと美津さんにいったら、なにいってんのよあたしがなおしたのよと美津先生は言い張っておられた。

なんだかこわいのである。不安とか恐怖とかいうけれども、とにかくこわい。夜寝ようとすると、寝つくまでの間が長い。そこでばくぜんと考えるのがこわい。考えずにすむように、起きあがって深夜の町を車ですっとばす。クマモトの町は、ちょっと郊外にいくと、たちまち暗闇になる。これはまた、ちがった意味の恐怖であるから、ふとんの中で感じていた恐怖を忘れる。瞬間的にはね。なにしろバックミラーに何もない、ただの暗闇がそこにうつってるもんだから。しかしかなしいかな、忠犬か家バトのような帰巣本能がわたしにはあって、いつもわたしは家に帰る。夫婦仲は良好だし、子はかすがいだ。しかし家は、トトロだって住めないぐらい廃屋化していて、とてもそこを自分の棲み家と思う気になれない。路上で寝ている気分である。どうも眠れないので、愛用の睡眠薬を飲む。それでもすぐには眠れないから、二個、三個、四個、五個、六個、するとあっというまに眠れる。つめたーくなるんだそうだ。同居人がいっていた。あれはたいへんこわいから、もうやめてくれないかと同居人に何度もいわれた。うちの同居人はよくできた男である。わたしがそのままつめたーくなっていたら、「伊藤比呂美は、かんおけに入りました」なんていう一文をかいて、このページをうめてくれるかもしれない。とにかく生活がたちゆきにくいので、医者に行って、薬をもらってきたら、考える力がなくなってしまった。喜怒哀楽がわかない。わたしはわたしの医者がとても好き。あの、よくできた同居人がつとめている大学の保健センターで、心に問題のある学生の世話をしている。うれしいことにわたしより少し年上のすてきな女の医者なのである。前から、よく遊びにいって話をしていた。心に問題のある学生になりすまして遊びにいくのである。この前いったときには、インドのお香をくれた。甘いものを食べるなともいわれた。わたしはもう学生の年じゃない。コンビニの店員を、おにいさんなんて呼べるようにもなった。そういうただのおばさんの風情で、目の前を行き来する学生を見ていると、心に障害のある子がつぎつぎにとおりすぎる。摂食障害の子もとおる。見ただけで、それとわかる。どうにもしてやれないから、胸がきりきりいたむ。あんたはもの書きだから、薬で緊張をとっちゃったらものが書けなくなる、と医者はいった。しかし、ものを書く書かないよりも、げんざいのこの状態をなんとかしてもらう方がとわたしは答えた。あんたのような濫用する人間には薬は渡せないねといわれ、そんなことはありません、あのよくできた同居人にあずけておいて、適宜もらえばいい、とわたしは提案して医者は納得した。そしてそのとおり、わたしはげんざい何もする気がおきない。仕事があるっていうことも現実に思えない。でも、かんおけに入るよりはよかったんじゃないかと、例のもののよくわかった傍観する同居人はいっている。この間まで、彼の方が安定剤をのんだ方がいいくらいの精神状態だったが、阪神の非優勝が決定してから、とても落ち着いた。彼は落ち着くことができた。わたしはできない。その差は、なんだろう。薬のんで頭を弛緩させてワープロをうつってどんな感じ、と同居人がきくから、大リーグボール養成ギブスとキントウンと指先用バンドエイドをまいてるような感じ、とわたしは答えた。ふーん、廃人みたい、と彼は感動している。わたしたちのここ数年のテーマはまさに廃人なのである。グレゴール・ザムザ、断食芸人、しんとく丸、小栗判官、そういうものに、長年連れ添った同居人がなりつつあるという考えが、彼をうれしがらせてるのが目に見えている。（棺桶について）

＊初出は「ＩＳ」。川端隆之、稲川方人、建畠晢各氏との競作だった。

山椒の木

「わたしのうちでは、けむしをかっています。」と子どもが作文に書いた。「ひとつはさなぎになりました。もうひとつは、さなぎになろうとしています。かわいいです。」

これはまちがっている。現実はこんなものじゃない。家庭的なわたしたちは、草木を養うことに熱中していた。雨期に入って対処のしかたがわからなくなった。家庭の中で養う草木は乾いた気候に自生するものが多いのである。イネかガマのような湿地帯に自生するものだけ養っていればよかったのに。雨は降りつづき、草木は腐る。アゲハの幼虫が持ちこまれたのはそういうときだ。

育てませんか、と二階から降りてきた奥さん、わたしたちの家庭ではないけれども、家庭を持ってその中で家事を専従している女はいった。

そこでわたしたちは山椒の木を買ってきた。三匹の黒いイモ虫が葉を食うようすを見ているだけで家庭の幸福がみちあふれてくるではないか。

子どもを産んで育てていたあの時期をくりかえしているような気がするではないか。

イモ虫は、家庭的な秩序の回復におおいに役立つ。

ある日わたしたちは、山椒の木にたかっているイモ虫が五匹いることに気がついた。三匹以外の二匹は、園芸店の中ですでに山椒の木にたかっていたようだ。家庭の中に入りこんでいる異物は排除したくなるのが生理的な衝動だが、家庭の外で泣きさけんでいる孤児には手をさしのべたくなるのもまた生理的な家庭の衝動である。

「わたしのうちでは、けむしをかっています。」と子どもが書いた。

家庭から出ていった子どもはそのまま家庭に帰ってくるのではなく、数人にふえて、学校から帰ってくる。この集合住宅には、各戸に、子どもが住んでいる。標準服を着ているせいでどれもこれも同じように見える子どもらは、たしかにその中にはうちの子どもも混じっているのに何とも見分けのつかない子どもらは、甲高い声をあげてさわぐ。イモ虫にさわるということは、家庭から脱け出していくほどの冒険に匹敵する。

ああわかったわかった、とわたしたちはいった。だまんなさいキーキー声をやめなさいそしてせいふくをぬぎなさい。

家庭の中に入りこんできたイモ虫は養わなくちゃならない。よく山椒を食べてよく糞をしてよく脱皮し、三匹が緑色になったと思ったら、黒いのはあいかわらず五匹、いいえ、もっとたくさん。おかしい、計算があわない、とわたしはもうひとりのわたしにいった。

しまった、卵がついていたんだ、とわたしたちはさけんだ。この先どれだけのイモ虫が卵から孵っていくか。それなら山椒がとても足りない。飢えれば鉢から逃げ出して、わたしたちがそれをうっかり踏みつぶす。緑色の内臓に触れでもしたら、たちまち家庭的な秩序はたもてなくなる。

山椒が足りない。しかしあの園芸店は品物の管理がずさんだ、とわたしたちは考えた。新しい山椒を買ってきたところで、前の山椒と同じく、新しい山椒にもイモ虫がたかっていたらどうなるか。

二鉢めの山椒にもイモ虫はきっとたかっている、それ、たす、一鉢めの山椒にもともとたかっていたイモ虫、たす、もともとわたしたちの家庭に持ちこまれたイモ虫は。

「ひとつはさなぎになりました。もうひとつは、さなぎになろうとしています。」

そういう問題ではないというのに。

家庭の中にいても、子どもは家庭を見ずに、家庭という幻想を持ちつづけている。

養うということの意味がわかっていない。

わたしたちは養わなくちゃならない。それはイモ虫のせいでも、山椒のせいでも、園芸店のせいでもない。ただ、わたしたちは家族であるから、家庭として機能しているから、それを養わなくちゃならない。食糧は一鉢六百円である。

いいえ、うちの虫だけ選別して養う方法もある、とわたしがもうひとりのわたしに提案した。なにしろ、ここは家庭だ。

しかしどっちがもともとの住人かと考えれば、木にもともとたかっている虫がもともとの住人であって、そこに移住させようとしているうちの虫たちはよそから来たものである。よそ者は排除するのが家庭を維持する原則ではないか、とわたしはもうひとりのわたしにいった。そのために、家庭をあげてよその家庭の領分を侵犯していく。よその家庭のイモ虫を養うべき義理はどこにもない。増えつづけるイモ虫の増えつづける部分は、いつも外からやってくるのだ。

外に山椒の木がある、とわたしがもうひとりのわたしにいった。集合住宅の入り口にある。あそこにたからせれば問題は解決する。

しかし通りかかった他の住人に見つかれば、たちまち、害虫がたかっているかのように踏みつぶされるだろう、とわたしはいった。

いいえ、これはじつは害虫である。害虫とみなす人々を責めることはできない。

そうだ、責めることはできない。

これは害虫である。

「ひとつはさなぎになりました。もうひとつは、さなぎになろうとしています。」

のべつ食うイモ虫がこれだけいたんじゃ明日まで持たない。今晩だけでも外の山椒にたからせよう。これは家族としての合意である。社会的には非合法でも、このさい目をつぶって、公共物という家庭よりもう一つ大きな枠組みの中の山椒に。

いるものがいないと家庭はさびしくなる、とわたしたちは思ったものだ。

翌日も雨だった。わたしたちはイモ虫を持ちこんできた二階の奥さんにイモ虫を、彼女の持っている山椒の木にたからせてくれるよう頼みにいって、ことわられた。もちろん人それぞれ好き好きはあってとうぜんとわたしたちは考える。彼女の葛藤はわかる。つまり、家庭をいとなむには環境のことを考えたいが、快適な家庭は衛生的であるべきだ。イモ虫というのは環境的であり、かつ反衛生的な存在である。その結果、彼女はそれを自分の家庭の外に、他人の家庭の中に排除した。

ええ、イモ虫がうちの中にいるのはいやだし、かといって殺すのもいやだし、と二階の奥さんはいった。

反衛生的な存在は、彼女にイモ虫と呼ばれる。イモ虫は罵倒語である。わたしたちもイモ虫と呼ぶ。イモ虫は家族にたいする謙称である。

翌日も雨だった。イモ虫はまだ他人に踏みつぶされていない。

わたしたちは園芸店に行って新しい山椒の鉢を買った。そして外の山椒からうちのイモ虫どもをひきあげよう。資本主義は家庭的である。

どうも、この、とわたしはもうひとりのわたしにいった。じつをいえばわたしはイモ虫にかんしては初心者であって、つい数年前までは図鑑でみるのもいやだったことを忘れていた。それを思い出したら、なにかたちまちイモ虫がつぶれて、手の中にぐちゃりと内臓がはみ出るような気がして、どうもさわることができない、とわたしはいった。

なにを甘っちょろいことを、イモ虫にさわれなくてどうする、とわたしはもうひとりのわたしにいった。

やっぱり暴力的にきっちりきっちり処理していかねば家庭的な問題は解決がつかないのだね、とわたしがもうひとりのわたしにいったとき、わたしはわたしのしゃがみこんでいるその足元にも黒いイモ虫がゆるゆると這っているのを見つけて、あれケムシッ。

と、つい、イモ虫よりもっと罵倒的な卑語を口に出した。でもおかしい、黒いイモ虫がかぎりなくいるように見えるが、とわたしはもうひとりのわたしにいった。いいえ、おどろくことはない、とわたしはいった。外の山椒にもともとたかっていたイモ虫が増えただけのことだ。きゃっ、とわたしたちはとびあがった。

まだいくらもうつしていないのに、新しい山椒の木にもうこんなにたかっている。いいえ、おどろくことはない。あの店の商品管理のずさんさならとっくに知っていたのだ。環境的とさえいえるずさんさである。

山椒は足りない。山椒をたびたび買いに行く。そのたびに六百円ずつ。そのたびにイモ虫も増える。せめて家族だったイモ虫はさなぎにまで養ってやりたいが、今となってはもはやどれがどれだか。何が何だか。

しかし家庭内のイモ虫を家庭外のイモ虫から区別したところで何になるか。家庭という機能がそんなに狭量でいいのか。わたしたちは家族として、とわたしがもうひとりのわたしにいった。

家族として。

イモ虫が新しい山椒を食っている間に古い山椒の葉が伸びる可能性もある、とわたしがもうひとりのわたしにいった。いいえ、それはない、とわたしはいった。いいえ、それはある、ともうひとりのわたしはいった。伸びる、とわたしはくりかえした。葉のなくなった枝を切ってやればみるみると葉が伸びる。
「かわいいです。」と子どもが家庭の中で作文を書いて、家庭の外に提出した。

（『わたしはあんじゅひめ子である』一九九三年思潮社刊）

〈手・足・肉・体〉から

夢みることをやめない

タクシードライバーはいろんなものを見てきたし、いろんな道も人も知っている。その本質もとっくに見抜いたと自分では思っている。もうなにかしてもいい時期だと思ったので、詩人に相談した。詩人はこのごろ「マディソン郡の橋」にむちゅうである。しょうがないからタクシードライバーも、町を流すついでに本屋に立ち寄って、買って、読んでやった。ああいう本なら郊外にいくらでもあるチェーン店の本屋にもおいてある。読んでやって、登場人物の名前まで覚えてやった。なんだっけ、忘れちゃった、と詩人はいった。ロバート・キンケイドだよ、読んだんだろう。本屋で立ち読みしただけなんだ、詩人なんてさ、と詩人はいった。これ一冊買ったらいくら印税が誰になんてこと考えちゃってむやみに本が買えなくなるものなのよ。

ロバート・キンケイドってあんたに似てる、ね、似てると自分でも思うでしょ、と詩人はいった。ナショナルジオグラフィックよ、ハリソン・フォードとかケヴィン・コスナーもその手だよね、会ったことはないけど、会いたいとも思わないけど、たまたまあんたには会っちゃったしね、と詩人はいった。でも、ロバート・キンケイドは、ともかくもナショナルジオグラフィックで仕事してるのよ。でもやりたくてやってるんじゃないんだぜ、たしか、ええと、ナショナルジオグラフィックは保守的な写真しかのせないとかなんとかいってるんだ。だってだからといって、ロバート・キンケイドがどれだけラディカルな写真を撮れたかなんて、だれにもわかんないじゃない、あのへたくそで難解なエッセイは彼が書いたってことになってるのよ。あの小説の中ではね。でも書かないよりましじゃない、と詩人がいった。あんたがしてることっていえば移動だけだ、移動はしてる、とてもしてる、毎日どれだけ走るの、ああ、でも、移動してるだけでいいと思う、個人営業だし、表現がしたいんでしょ、する能力がなまじっかあるから苦しむのよ。苦しんじゃいないんだけど、とタクシードライバーは口をはさんだ。でも詩人はきく耳を持たない。お客はあんたのタクシーにすりよってくるもの、あんたは人気タクシードライバーだと思うわ、固定客だっていっぱい持ってる、年がら年中予約は入りっぱなし、流していても、すぐに客は見つかる、客があんたを見つけるのよ、でもあんたはのらくらで、なにもしない、夢みるだけで終わるのがあんただ、ああいらいらする、あんたを見てると、まるで、吹き出す前のにきびみたい、と詩人がいった。でも、移動してる、移動してるだけで人生の目的は達してると思うの、そう思わない?

そうは思わない、とあなたは思ったから、詩人にいったのだ。詩人ならなんとかここから脱出する方法を知ってるはずだ。うふふ買いかぶってるよ、と詩人はいった。でも、あたしはいい方法を知ってるのよ、教えてあげようか、仕事が終わったあと、あんたは自分ちに帰らなければいいのよ、あんたはまっすぐ自分ちに帰るでしょ、いつも帰るでしょ、あれじゃタクシードライバーの名がすたるじゃないの。

うんざりすることがある。たびたびある。そりゃタクシードライバーは運転することが好きである。客を乗せて走ることも、そんなに苦にはならない。でもいつも、いつも、新しい客を乗せるたびに、最初の数分間は緊張する。どうせなら客から声をかけてほしい。突破口がひらけるじゃないか。膿が流れ出るような気がするじゃないか。何回か乗せたおなじみの客にしても同じことだ。いや、もっと悪いかもしれない。向こうはおれのことを親しく思っていて、やあロバートとかなんとか声をかけてきたがる。でもおれはタクシードライバーだ。ロバートじゃない。そうだ、詩人のいうとおり、移動はできるけれども、移動することしか目的のない仕事だ。後部座席で派手なペッティングしてる客の前でオナニーするわけにもいかないし。あいつらがよくてどうしておれがだめなんだとあなたは考える。だめなんだ。そういう社会体制、そういう資本主義なんだ。その証拠にあいつらは、目的地に着くと、おれに金を払い、おれはそれを受けとる。そしてさっきまであえいでいた客は、よろよろしながら車を降りていく。あとに、何がしかのにおいが残る。

うんざりするようなことがあると、あなたは詩人に電話する。公衆電話はすぐ切れる。詩人はそれが不満だ。あんたは車の運転ができて、金の勘定ができる、それでいてテレフォンカードというものを知らないのかとなじられたことがある。テレフォンカードをくれたこともある。でもあなたはコインで電話する。ポケットのあり金は、10円か20円。じっさいそれしか必要じゃない。長話は必要じゃないとあなたは思う。むかし、詩人はあなたの恋人だった。タクシーを道路ぎわにとめて、セックスをしまくっていたこともあった。

詩人は手に負えない。思考は自己中心的で、行動は奇矯で奇怪だ。あらゆる詩人がそうなのかどうか知らない。あの詩人が、あなたにとってはじめての詩人だった。詩人はあなたにいつも会いたがっていた。でもあなたはタクシードライバーだから、いつ、どこにいるか、誰にも、あなたにも、見当がつかない。そこで詩人は自分の車に乗ってあなたのタクシーの跡を尾けてまわり、観察し、だいたいの流すルートを推しはかり、時間帯も推しはかり、それから自分の車を捨てて、町のそこここでじっと待ちかまえている。だいたいの流すルートはあっても、どんな客をどこまで乗せるかなんてタクシードライバー本人にだって予測がつかないから、それでもつかまえるなんて、人間わざと思えない。でも詩人はそれをやってのける。そうしないと、いてもたってもいられない。心身が爆発してしまうような感じだといつか詩人はいった。タクシーは何のへんてつもない黄色である。詩人はナンバーをちっとも覚えない。詩人は数字がきらいだ。だったらどうやって、詩人はあなたを見わけるのか。運転席を凝視していると詩人はいった。それから、タイヤの動きも見ているといった。車線の変更のしかたも見ているといった。すべてがあなたをあらわしているからと詩人はいった。それは狩りだ。あなたは狩られる。もちろん狩られることにやぶさかじゃない。ときどきはこっちから詩人を見つけて、車の中にひきずりこんでやる。あなたは勝ちほこるが、じつは詩人は、タクシーの接近をとっくに感知している。詩人だって、狩られることを楽しむのだ。

詩人がいるせいで、あなたは、夢みることには事欠かない。詩人は、あなたの語る夢を、語るそばから吸収してくれる。いろんな夢をみては語り、みては語り、いままでそのひとつも、何も実現してこなかったが、夢を吸収する詩人のようすを見ていると、なんだかそのぜんぶがほんものになっていくのもちかぢかであるように思える。

タクシードライバーはときどき客に話しかける。客に話しかけられるのを待っている時間は、みもよもなく緊張しているけれども、話しかけるようなときはふっとコトバが口をついて出る。よく降りますね。飛行機は何時ですか。ずいぶん朝が早いんですね。タクシーにもいろいろと土地柄のちがいがあって、ここでは、客は助手席にはすわらず、後部座席にすわり、タクシー乗り場はなく、客は、町のどこででも流しているタクシーを拾える。タクシードライバーはときどき客に話しかける。じつをいえば、あなたはかなり感じのいい、知的な容貌の、物静かなタクシードライバーなので、話しかけられれば客も緊張を解くし、客との会話も穏やかにすすむ。そうそう夢の話だった。詩人がいるせいで、みる夢には事欠かないという話。客と話していても、あなたはつい、夢をみる。

今日はよく降りますねといいながら、あなたは、詩人の話していた風船について考えはじめる。雨が降ってるときはタクシーはいそがしいんでしょ。いそがしいんでしょ。でしょ。ええ、とタクシードライバーは答える。まあ、それほどでもないですけどね。道は混みますね、たしかに。この間、詩人を乗せたとき、正確には詩人につかまったとき、詩人は色つきの大きな風船の話をあなたにしていったのだ。さっき交通事故がありましてね、それでちょっと渋滞気味なんですよ、とあなたはいいながら、詩人に話した大きな塀について考えはじめる。だからつかえてるのか、人がいそいでるときにかぎってこうなんだから。おたくらでもいらいらすることはあるんでしょう。いらいらすることはあるんでしょう。あるんでしょう。ええ、とタクシードライバーは答える。ありますよ。たまにはね。もう慣れましたけどね。

まず最初にあなたがみた夢は、詩人といつまでもいっしょにいるということだった。

詩人があなたをつかまえる回数がひんぱんになってきて、夜も昼も見さかいがなくなってきて、詩人も、そしてあなたさえも、あきらかに混乱してきた。いちばん道の混む夕方や早朝でも、詩人はあらわれるのだ。とつぜんあらわれてタクシーに乗りこむ。先客がいても乗りこむ。そういうことが何回もあった。詩人を恋人として失わないために、友人として失わないために、ロバート・キンケイドのためにも、なにかする必要があるとあなたは考えた。そうだ、詩人を詩人としても失っちゃいけない。今までの行動はたいてい受け身だったからとあなたは考えた。金を返すとか、乗車拒否するとか、タクシードライバーとしてはいろんな方法があるはずだ。それで、あなたは詩人との性交をやめた。詩人はあいかわらずタクシーに乗りこんでくるが、道路わきにとめてちょっと性交なんてことはもうやめた。詩人を失わないためだとタクシードライバーはいったけれども、詩人が納得してるとは思えない。あなたたちは性交が好きだった。やめられるとはとても思わなかったけど、やめられた。

うんざりすることがあると、あなたは10円玉で詩人に電話をする。うんざりすることがあると、それがあなたの身にあっても、詩人の身にあっても、詩人は詩人の勘をはたらかせて、あなたのタクシーを見つけ、それをとめて乗りこむ。おりるときに詩人はあなたの指をなでる。つうっと指で指をなでる。

ああ、詩人には、もしかしたら、うんざりしないことなんて存在しないのかもしれないなとあなたは思った。

がはやってますね。はやってますね。ええ、とあなたは答える。昨日乗せたお客さんも、そういっていましたよ。

それからあなたは馬に乗って平原を駆けまわることを夢みた。ノース・カウンティ乗馬場に行って、と詩人が乗りこんできていった。乗馬場？　どこの？　とあなたは聞き返した。ノース・カウンティの、と詩人はいった。あそこ？　いいから行ってよ、練習に遅れるから、と詩人がいった。あそこじゃなけりゃ、あとは山まで行かないとないんだもの、あそこしかないのよ。いつから行ってるの、とあなたは聞いた。こないだからよ。へんてこな帽子かぶって、ムチ持って、黒いブーツはいて？　とあなたは嘲笑した。カウボーイハットかぶって、ウエスタンブーツはいて、バンダナなびかせて乗ってるよりはましでしょ、と詩人はいった。それにあそこはジャンプすることを教えてくれる。自分ひとりで馬に乗ってジャンプする。柵も、いつかは飛びこえられるのだ。それを聞いたら、ひとつの夢は、なんとか現実になりそうな感じがした。詩人といっしょにあなたも降りて、事務所に入っていって、練習の予約をした。帽子着用のこと、ブーツ着用のこと、と規約書には書いてあったけれども、詩人が取りなしてくれた。この人は、生まれつき、帽子という帽子にアレルギーがあって、かぶるとたちまち湿疹が出るそうなんです。そこで馬の、いやヒトのかもしれない、調教師は特別に帽子なしの練習を許可してくれた。ただし、ブーツは着用のこと。バンダナも着用のこと。ムチも帯用のこと。柵は飛びこえること。これで、ひとつの夢はなんとか、現実になる可能性が出てきた。

それから、あなたは本を書くことを夢みた。毎日人間の観察をしている。奇妙な話もいっぱい知っている。経験はとんでもなくゆたかだ。客はあなたに悩みをうちあける。あなたは控えめな口調で、アドバイスをする。客ははればれとした顔でタクシーをおりる。そんなことも幾度となくあった。それをぜんぶ詩人に語って聞かせる。あとは詩人が書けばいいのだ。どうかな、とあなたは詩人にいった。おふでさきか、ドンファンの教えみたいな本になる、と詩人は受けあってくれた。ドンファンの教えなら、あなたも知っているけれども、前者は読んだことも聞いたこともない。でも悪い気はしなかった。あなたはそれを考えている。でも時間がない。じっさい、あなたは詩人をタクシーからおろすとつぎの客を乗せる。こんど詩人があなたの車に乗りこむのはいつかわからない。あなたのかける電話は10円玉いっこ分だ。あんたの貴重で奇妙な経験談を聞く時間がそもそもないじゃないの、と詩人はいっているが、あなたは夢みることをやめない。

それからあなたは土地を買うことを夢みた。いい場所がある。掘りおこした墓場。蒲の穂の野原。刑務所の跡地。ただの荒れ地。タクシードライバーはそれらの土地を自分のものにしたい。そこで降ろした客は、一人もいない。でもタクシードライバーはそこをなんべんも通過した。人を乗せて、あるいはただ流していって。いちばん好きなのは、刑務所の跡地だ。建物は壊されている。高い塀がぐるりとめぐっている。塀の中でなにかが息づいているような土地だ、とあなたは詩人に語って聞かせた。何かが木と木の間を飛び交うんだ。こんど白い靴をはいて、おれを夕暮れどきにつかまえてごらん。連れていってやる。白という色は、夕暮れの中で際立つ色だ。向こうがわへ、わたっていける色なんだ。白い印があちこちに見える。とくに夕暮れどきに。誰がその意味を知るだろう。塀の中には、木がある。丸く大きく繋っている。その下でおれは本を読む。悩む人が訪れてくれれば、おれは拒まずにその話を聞いてやろう。塀の中に池をつくり、家鴨を飼い、それから厩、放牧場、馬を繁殖させるのはおまえの仕事だ、とタクシードライバーは詩人にいう。あたしはきっと馬を繁殖させられると思う、と詩人がいう。馬が飛びこさないように高い柵もつくらなくちゃいけない、と詩人が提案する。うん、それはぜったい必要だ。今はアキノキリンソウがいちめんに繋っている。刈り取るには二人で何日もかかるが、山羊を数頭そこに放せば、あっというまに食いつくしてくれる。もちろん山羊からは乳も取れる。それなら山羊から乳をしぼるのも、その乳からチーズをつくるのもあたしが担当しよう、と詩人がいう。

そうやってつぎつぎにみる夢のどのひとつも、あなたはかなえることができない。あなたは車を流しつづける。わたしはあなたをつかまえつづける。わたしがあなたをつかまえるやいなや、あなたは新しい夢をわたしに語りはじめる。

あなたをつかまえるなら、昼間よりも深夜がいい。ドライバーの顔は見えない。ライトが光る。その光の加減、回転するタイヤの動き、車線を変更し、ほかの車を追い抜くときの動き、すべてを緻密に観察して、わたしはあなたを見つける。わたしは狩るよろこびで射精しそうになる。あなたが夢みることをやめなくても、その夢も、狩られるあなたも、わたしを射精させそうになるんだから、それでいいとわたしは思う。

獰猛な回収犬

狩りの本質は反復強迫です、とレトリーヴァーがいった。

狩りをしたいんじゃないかと思ったのは去年のことです。そこで抜け出すことをおぼえて、あたりをほっつき歩きはじめました。ほっつき歩いて狩るものをさがす。狩るものを見つける。しのびよって襲いかかる。あたしの狩りはいつも単独行動です。そしてあたしは知っています。こんご、最高の獲物に出会うという可能性は万に一つもないっていうこと。だって出会ってますから。とっくに。そしてそれはみいらになって、ハウスの中にあるものですから。庭に埋めといたわけじゃないのに、みいらです。いつかそんな話をきいたことがある。三年間土の中に埋められていて、よみがえってきたときはみいらになってた男の話。あたしの獲物は、あたしが手に入れる前からみいらだったのかもしれません。かさかさに乾いた。そうだとしてもあたしには見分けがつきませんでした。それがみいらかみいらじゃないか。最高の獲物かそうじゃないか。でもけっかとして、それはみいらでした。そして最高の獲物でした。捨てられません。遊べもしません。ともかく、それはハウスにあります。だれかがそれにさわると、あたしはうなり声をあげます。あたしがうなるのもめずらしいから、だれも取りあげようとしません。あたしのしたいようにさせといてくれます。

あれがカモ、といつかおかあさんがいいました。

おかあさんといってもほんとうは飼い主なんだってことはわかっています。わかってるんですけれど、呼びなれてるものですから。

おかあさんの指さした先には、水鳥がぽつぽつと浮いていました。あれを狩るのがあたしのほんとうの仕事とおかあさんはいいました。おかあさんはすばらしい人です。指さしたらかならずその先には、なにかはっきりしたもの、あたしが把握できるなにかがあります。おかあさんはいろんなことをあたしに教えてくれます。おかあさんは人間の子どもたちとあたしをわけへだてしません。おかあさんがあたしを叱るときは、あんまり正しいので、あたしは叱られてうれしいと思うほどです。

水鳥はいっせいに飛び立ちました。せわしないくせに腰に重りがついてるような、ぶざまな飛び方でした。

おかあさん、飛びたちましたよ、とあたしはいいました。あれをつかまえてきましょうか。いいえ、とおかあさんはいいました。あんたの役目は、人間があれを撃って、それをとってくることなのよ、ボールみたいに。

ボール！　はねていくボール！　追っかけるその楽しさったら！

あたしがどんなボールが好きか、でもなぜ好きか、そのときわかったような気がしたんです。

人間があれを撃って、あたしがそれをとってくるとおかあさんはいいました。なにもかも、とっくに知ってるような気がしました。カモの死骸の温もりも、血のにおいも、水の冷たさも、なにもかも。あれ、なんでしたっけ、で、じゃ、なんとか、そうあれ、ああいう感じ。でもそう思ったとたん、あたしは自分が飽きてしまったことに気づいたんです。カモを回収することに。一度もしたことがないのに。現実じゃありません。現実には、カモの死骸を見たこともない。そうじゃなくてもっと遠くのなにか、記憶とか遺伝とかそういうとこで、あたしはカモを回収することに飽きてしまいました。回収するより、追っかけて殺して羽をばりばり咬みくだきたかったんです。

ヒツジの世話をしてたことをかすかに覚えている、といつかシェルティがいいました。覚えているから、わらしたものを見ると吠えて整頓したくなる、でもそのときになにか忘れてるような気がするとシェルティはいいました。なにを忘れてるのかいつも考えてるんだけど思い出せない、なにかじゃなく、だれかかもしれないって。

ときどき砂のにおいを嗅ぐ、といつかアフガンがいいました。焼け焦げたような砂のにおい、そんなものどこからもにおってはこないのにって。

ある日、あたしはおかあさんにせまい箱の中にとじこめられました。あたしはその中でおうおう鳴いて、鳴きながらぴょんぴょんはねて、はねるたんびにどこかにぶつかって、ずいぶん長い間そんな状態でした。いいえ、あたしのおかあさんはそんなひどいことをする人じゃありません。ぜったいちがう。あたしの思いちがいです。おかあさんがするわけがない。でもいつか箱の中で、たしかにあたしは、大声でわめきながらぴょんぴょんはねていました。外に出られない、でも出たい、でも出られないとあたしはずっと思いつめていました。

狩るっていったって、あたしに狩れるのはせいぜいネズミかスズメ、たいした獲物じゃありません。でもいちどだけ、野良ネコをしとめたことがあるんです。あたしは頸を一咬みしてその息の根をとめました。レトリーヴァーは口をつぐみ、ためいきをつき、目をうるうるうるませたようだった。

一咬みしたときに味わった血は、それはもう、雷みたいに、海の波みたいに甘かったんです。海の中のちっぽけな小石みたいに甘かったんです。

ネコを咬み殺すアキタが、いつかいいました。ネコのにおいを嗅いだらたちまち頭の中がぼんっと沸きたって、つぎの瞬間にはもうネコの死骸を口にくわえているんだって。まさか自分が同じことをするなんて、思いもよりませんでした。

ネコの死骸が口の中にあった瞬間のきもちよさが忘れられない。だから抜け出してほっつき歩く。ほっつき歩いてるうちに、もっともっとと思う。ネズミ一匹でも狩れればいっときはきもちはおさまるけれど、またすぐくりかえす。けっしてやむことはありません。けっして。

なんだかあたしたちっていやに性格がいいもんだから、狩りをしない家庭に飼われて、子どもの相手をしたり盲導犬になったり、それはそれでやりがいのあるしごとだとは思うんですけど、ものたりない。同じ鳥猟犬のなかまでも、ポインターやセッターにはなるべくその用途におうじた飼い方をするようにって、犬のカタログにかいてありますよ。あれってつまりポインターやセッターには猟をさせろっていうことでしょ。野山を走りまわらせろっていうことでしょ。あたしたちには家庭犬として最適とか頭もよくて性格もいいとか、そりゃそんな名誉なことってありません。あたしたちのほかにはジャーマンシェパードくらいしかそんなことかいてもらえませんもの。でもそれでもときどき、むしょうに狩りたくなるんです。カモの回収なんてものたりない。もっと大きい、もっと手強い獲物に襲いかかりたいんです。いいえあたしたちというように一般化しちゃいけないのかもしれない。

あたしが狩りたいんです、あたし、このあたしが。

交配と改良をかさねた結果に、あたしはこういう性格、こういう能力をもっています。それはけっしてあたし一代かぎりのものではない。それに、あたしは飽き飽きしました。身体をクマの大きなてのひらにつかみかかられて引き裂かれたっていいと思うんです。いいえ、引き裂かれたっていいなんて言い方ではだめです。引き裂かれるという現実の危険性がなければ、だめなんです。その危険性のまっただ中で、あたしは自分の嗅覚と牙とを使って、獲物を追いつめて襲いかかる。頭がかんかんひびいて、嗅覚が全身からとんがり出て、その先っぽときたら膨れあがって、どんな刺激にもびんびん反応して、あたし全体が爆発するのももうすぐという予感にもみくちゃになる。その瞬間、全身の力でもって生きてるものを引き裂きたい。引き裂いて口を温かい血でいっぱいにしたい。肉をむさぼり食いたい。

もちろんそのときは、マテなんてだれにもいわれません。あたしは好きなだけ、好きなようにむさぼり食うんです。あたしはいつもマテをしてからごはんを食べます。食べてる最中にうちの小さい子たちがあたしにちょっかいを出しても、うなってもいけないし咬んでもいけないとおかあさんから教えられてるし、あたし自身のなにかもそうあたしに教えるんですけれど、今、あたしは、そういうものをふみにじりたい。いいえ、あの小さい子たちを咬むなんて思いもよりません。あれはぜったい咬んじゃいけないものです。誰かがあの子たちを傷つけようとしたら、あたしは、自分の血をながしてでもあの子たちをまもってやらなければならないんです。

結論が出てないじゃないですか、いったい何がしたいの。

心中、とレトリーヴァーはいった。

しんじゅう?

ええ、心中。心中でなくてもいいんです。無理心中でもいいの。

よく知ってるのね、そんなことばを。

ええ、あたし、なんたって家庭犬としては最適なんですから、とレトリーヴァーはカワウソのようなしっぽをわぐわぐと振った。家庭のことならなんでも知ってるんです。心中がだめならかけおちでもいいし、不義密通でも出奔でもいいんです。ハウスの中にあるみいらも置き去りにして出ていきたいんです。あるいはだれかに、そのだれかっていうのは独占欲のおうせいな、愛こそすべてと思ってるようなそんな倒錯的な、人か犬かクマかだれか、そのだれかが、あたしが狩りにうつつを抜かしてることをとても怒って、やいこの雌犬めって、まああたしは雌犬にはちがいありませんから、雌犬めこうしてくれるとあたしの頸すじに咬みついて、逃げようとするとこを袈裟がけにきり下げ、のけぞるとこを刺しつらぬき、ぐりぐりえぐってとどめを刺し、頭をずんと切りおとして、それを肴に酒を飲むような、そんな、エロもグロもいっしょくたの断末魔がしたいんです。つまんないドブネズミ追っかけたりネコのまねしてスズメとったりしながら殺生する生を生きてるのもそのためかもしれません。でも、なかなか出会えません。人も犬も、あまりにも進化しすぎました。ものわかりのいい存在になりすぎました。あきらめてかかってるみたい。他者を支配することについて。やっぱり犬ででもないと、そうそう他者を支配しようって気になれませんから。

ええ、あたし自身だって。

ヒツジ犬の孤独

ヒツジの群れに目をこらしたとたん、気づきました。βがいない。いつもそこで獲物を追いかけていたβがいない。βがどうしたろうなんて、考えてるひまはないんです。狩りっていうのはみんなでするものです。冷静に判断して迅速に行動するものです。みんなそろって、気持ちをととのえ、どんな状況にも迅速かつ明敏に対処できるようにしておかないと、のろまな老いぼれたヒツジだって、しとめられません。向こうだって必死です。こっちは向こうの必死さよりもっと迅速にならなくちゃいけないのです。血はかぐわしく肉はあまい。


むかし、αが狩りのたびにとなえていました。血はかぐわしく肉はあまい。ゆうかんな犬どもよ、血のにおいを思い出せ、肉の味を思い出せって。

あの、短い呪文のような声をきくたびに、全身の毛穴がぶるぶるっとふるえたものです。血はかぐわしく肉はあまい。それは、いつもほんとうでした。

いつもって、いつのことだろう。

わたしの若かったころと思いこんでいたけど。ちょっと待ってください。ちがうかもしれない。わたしの若かったころ、わたしはすでにこの牧場にいました。わたしはここで生まれて、同胞たちといっしょに、ここで育ったんです。αってだれのことだろう。いいえ思い出せない。αがそこにいて、わたしたちを鼓舞する声をあげた。それを思い出したような気がしたんです。でも、それはどんなにおい、どんな姿かたちの犬だったのか。

いいえ、わたしが気がついたのは、そういうことじゃない。わたしが気がついたのは、わたしのまわりにだれもいないっていうことです。βがいない。いるべきβがいない。東側からヒツジの群れを追いこんでいくべきβ

がいない。わたしはいそいで、βのいるべきところにまわりこみ、獲物を威嚇しつつ追いこんでいきました。そのとき、γが、北側をまもるべきγがいないということにも気がついたのです。

でもわたしは、においも声も忘れている。βやγの。どんなからだつきで、どんな毛色をしていたか、わたしとどんな関係を持っていたかも。思い出せない。とっさのことで、思い出すひまもない。わたしはβのいるべきところからγのいるべきところにまわりこんで、γのするべきことをやってのけたんですけど。「獲物との距離が仲間と同じになったところでとまる」

完了しました。

「両どなりの仲間から等距離の位置をとる」

いいえ。いいえ。それがおかしい。βやγだけじゃない。仲間たちがいない。だれもいない。いるべき仲間がだれもいない。わたしに見えるのはわらわらしたヒツジの群れだけなのです。

ああ、なんだってヒツジっていうのはこんなきたない毛皮を持ってるんでしょうね。きたない。きたない。その上わらわら動くんです。遠目で見たら、ウジの群れでも。巨大な、巨大な、ウジたち。この感じががまんできないのです。ヒツジにかぎらず、こういうわらわらしたものを見ると、つい吠えかかり、群れのまとまりがほどけそうになっている一角をめがけて、つっこんでいきたい欲求にかられるんです。

ほどけそうになっている一角には、かならず、まとまるってことを知らない幼い個体や、まとまりについていけない弱った個体がいるはずなんだ。そこで、わたしは何をしようか。かみついてひき倒そうか。弱い個体も幼い個体もかんたんにしとめられる。血はかぐわしく肉はあまい。これはだれがいったことばだったたか。

それなのに、βもγも、どこにもいません。かみついてひき倒すべき個体がここにこんなに、群れのほぐれがここにこんなに、目に見えている。こんな機会はめったにない、今ここにつっこめばおもしろい、すばらしい、仲間たち、血はかぐわしく肉はあまい、だから早く来い、ここに来いと、わたしは必死です。

わたしはαを呼びたてました。αなら知ってると思ったのです。βやγがどこにいるか、βやγの身の上に何が起こったのか、仲間なしでわたしはどうすればいいのか。

　αは、ふりむいて、心配することはない、おまえはよくやっている、さあこんどは西の牧場へ行こう、といいました。わたしはたちまち安心して西の牧場へ向かったのです。西の牧場につくかつかないかのうちに、わたしはおかしなことに気がつきました。ころりと忘れていたっていうこと。わたしが探していたのは仲間たちでした。わたしは狩りをしていたのです。もう少しで、獲物に飛びかかるところだったんです。血はかぐわしく肉はあまいという予感に、わたしの全身の神経はびりびりと反応していたんです。またとない機会が、そこにあったはずなんです。

　それなのに、わたしはαのいったことをすっかり信じて、かぐわしさもあまさもすっかり忘れて、西の牧場にむかって、しっぽを振りながら歩いている。なんていうことだ。

　その上、そこで悠長に歩いているαがおかしい。あれはわたしのよく知っているα。とてもよく知っているα。わたしは彼を信頼している。おそれてもいます。愛しているといってもいいでしょう。でもおかしい。なにかおかしい。

　αの持ってるべきにおいもかたちも、彼は持っていないのです。彼は、二本足で歩き、長い杖を持っている。その上、わたしたちとはちがうことばをしゃべった。でもふしぎなことに、わたしはそのことばを逐一理解したんです。

　血はかぐわしく肉はあまい。

　むかしあそこに、あのヒツジの群れの向こうに、だれかいました。だれかです、だれか。だれだったかなあ。

　なにかとても、とても、たいせつなだれか。いつもそのだれかのことを見つめていました。だれだったかなあ。

　何をしてるときでもちろちろとそっちを見ていました。そのだれかさえいれば安心でした。そのだれかがわたしに、合図をして指図していたような気がします。わらわらしたものがそこにいて。追っていくと、もっと、わらわらしていくんです。そのわらわらした部分が、気になるんです。そこを整理整頓するとか。かみついてひき倒すとか。わらわらしたものは、そうですね、すごく弱いのです。わらわらしたところから、だらしなくこぼれてきてしまう。いったんこぼれはじめたら、もうとめることなど、できやしません。それは防ぐべきなんです。だからわたしは、むやみに走りまわって吠えかかります。声で、あれを、なんとかおさめることができるような気がするんです。わたしの手足は、じつに不自由にできてますから。手で押さえるとか、足で摘み取るとか、できればどんなにかんたんかと思いますが。どうにもできません。だから吠えるしかないんです。吠えれば、したいのにどうにもできないそのいらいらが、少し、すっきりするような気がします。

だから吠える。わんわん、わんわん。

わんわん、わんわん。

わんわん、わんわん。

βもγも、あるいはαも、いったい、どこでどうしているんでしょう。

ああ、もう、わかりません。眠いんです。

いったいほんとうに、βやγ、あるいはαが、いたのかどうかも、わからなくなりました。いいんです。眠たいんです。眠らせてください。明日早く起きます。また東の牧場から西の牧場にいかなくちゃなりません。わたしはヒツジ犬です。この仕事をとても誇りに思っています。明日また早く起きるんです。ヒツジたちが夜明けを待っていますから。

＊D・モリス「ドッグ・ウォッチング」竹内和世訳から引用箇所あります。

チョウチョユージ

十年このかたチョウチョの世話ばっかりしてきた。このごろ白髪がずいぶんふえた。体重はもともと少ない。一時期普通の男のような体型になりかけて、もう若くないから若くないからと人にいわれたけれども、その直後にチョウチョがいろいろと心配をかけてくれたので、たちまちもとの体重、もとの体型にもどった。なにもユージは、その体型に固執しているわけではない。だからタバコも吸いたいだけ吸うし、油っこいものもご飯も、食べたいだけ食べる。それでも首まわりは十代の男の子のように弱々しく、手足も十代の男の子のように細長く、胸板も十代の男の子のように薄い。十代の伸長しかけた男の子がアンバランスな手足、肉、体、精神を持っているのと同じようにだ。白髪だけふえた。むかしは、禿げる禿げると人にもいわれたし、自分でも思っていたけれども、生えぎわはたいして後退せずにすんだ。でも髪の量はみるみる少なくなってきて、風がふいて髪の毛を逆立てると、地肌が大きく透いて見える。こうやって、全体的に、じょじょに、じょじょに、禿げていくのかもしれない。

ユージはチョウチョの世話を焼くために、かなりの手間もひまも、金もかけてる。ガラスケース3個、プラスチックのケース1個、何鉢もの植物、蜜の入った皿。ぜんぶユージが揃えてやった。もういくつもサナギにしたし、羽化もさせた。だから、チョウチョの正体はしっかりつかんでいる。

チョウチョは音痴なんだ、とユージはいった。

チョウチョはハモることができない。あなた、子どもたちに伝えてやってという曲を知ってますか？　とユージはいった。

いいえ。

そうか、知らないのかな、ぼくたちの世代はみんな、いやたいてい、知ってるはずです。ハモってうたう曲なんです、高音と低音とダミ声と澄んだ声とが入りまじった曲なんです。きみはきみの道を行く、自分の主張をしながら、きみ自身でありつづけながら、ひととの調和を考えて、いっしょに生きていくこともできる、きみは心のやさしい世代だから、いっしょに生きていくこともできる、子どもたちに伝えてやって（伝えてやって）、きみの父親は地獄を見てきた、いっしょに生きていきたい（生きていきたい）って、ほら、ここでハモる。今、ぼくがうたったのは高音。チョウチョはこの歌がすきで、いつもうたってる。それでぼくが途中からハモってやると、たちまち、むざんにぼくのハモりにひきずられてしまう。あのきれいな、透きとおった羽なんか、もみくちゃのびりびりだ。だからぼくがいそいでちがうパートをうたってやると、またそっちにひきずられてしまう。キイを変えてうたってやっても、またそっちにひきずられてしまう。いくらあわせてやろうと苦心さんたんしても、けっきょくは斉唱しかできないんです。かえるの歌がからやりなおした方がいいとぼくがいったら、チョウチョはかんかんになって怒りました。そういうことをいわれると気になってうたえなくなるというけれど、できないのは事実なんです。チョウチョは音痴だということを知っていて、気にしている。恥じているのかもしれない。いいや、たいした音痴じゃない、訓練しだいでなんとでもなる音痴なのに。音痴だと指摘されたがらないから、ぼくだって何も教えてやれません。だからいまだにかえるの歌がの輪唱もいっしょにうたえません。ぼくが思うに、チョウチョの欠陥は、まず音域がせまいこと、高音部も低音部も出せなくて、高くも低くもないその中途のところを行ったり来たりしていること。その上チョウチョは、半音をききとらない。半音あがったりさがったりしているところはすっとばす。だからいきおい、あらゆる歌が単調になってしまう。ぼくぼくぼくぼく木魚をたたいてるように、すべての歌がのっぺりしてくる。あの歌にしたって、高音がひびく部分をチョウチョは知らず知らずに低音部をうたい、低音部がひくくなれば知らず知らずに高音部に変えてうたっている。つまりチョウチョの覚えているのは、コーラスの最高音部最低音部を取りのぞいた、とても変形したかたちなんです。

　ユージにはにきびがあります、とチョウチョはいった。あぶら性というのかしら、よく知りません、皮膚がぶ厚くててかてかひかっているような人がいますけど、あんなんじゃないの、ただあぶらが鼻や顔に凝りかたまっている。それはときどきホコリがたまってどす黒くなってたり、ときどき化膿してたりもする。爪で圧迫してやるだけで、おもしろいようにあぶらがとれる。ただこすってやるだけでも、おもしろいようにあぶらがとれる。だからときどきユージのあぶらをわたしがとります。しばらくとらないと、あぶらは、ユージの鼻梁のあたりに集中して、青黒くもりあがる。いいえ、べつにどうでもいいのよ、そんなものがあろうとなかろうと。ただ、それを人前に見せるのがいやなの。人に見られるのが。いいえ、そうじゃないわね。人に見られたってどうでもいいのよ。あらきたないあぶら性の男だと、人に思われたって痛くもかゆくもないの。ただ、あれを見過ごしていられないのはあたしだ。あれといっしょに、朝おきて夜ねむり、あれを見ながら歌をうたうなんてことはとうていできない。あれが目の前にあるかと思うと、おちおち葉っぱを噛むことも、脱皮もできない。

　あたしたちは（ぼくたちは）とチョウチョとユージはいった。今までの十年間、鼻の上にのしかかってあぶらをとってやることで（音域の出ない歌に、たとえどんなにゆらいでも、ハモりつづけてやることで）関係性をたもってきた。そのけっか、ユージはチョウチョを脱皮させ、サナギにし、羽化させてきたのである。

　でも、ある晴れた秋の日、チョウチョに、うたえる歌が一曲できた。それはほとんどうたわずにすむ歌だった。口の中でもごもごつぶやいていればいい歌だった。感傷的で主体的な歌だった。こういうのです。わたしが若かったころ、今よりずっと若かったころ、わたしはだれかの助けを必要とするなんてとうてい考えてもみませんでした。でももうそういう時期はすぎてしまいました。わたしはふらふらゆれています。考えをあらためました。人に心をひらいて助けをもとめようと思います。助けてください。地に足がついてないんです。これをなんとかもとに戻したいんです。

　ユージにむかってうたってるんじゃないんですから、誤解しないでください、とチョウチョはいった。この歌もユージなら自由自在にハモることができるの。もともと声の甲高いユージなら、どんな高音だってらくにうたえる。のびのびと高音をのばせる。

　甲高い声をしているユージの声の、その甲高さとはなにか、チョウチョは考えている。それはあまりに高い声だった。チョウチョのはそれはせまい音域かもしれないけれど、その音域より一オクターブはゆうに高い声を出した。かるがると、ユージは。あるいはユージは、いつか、チョウチョにはだまって、去勢手術を受けたのかもしれない。可能性はある。今まで、去勢しているかどうか、疑ったこともなかったから確かめなかっただけだ。

　あの高い声はどうしたってそんな気がする。

なにいってるんだ、去勢手術なんかするはずないでしょう、ネコやイヌじゃあるまいし、とユージはいった。わかんないわ、証明できないじゃないの、子どもでもつくらないかぎり。子どもなんて、とユージはいった。ほとんどため息だったけれど。そんなものをつくってどうなるんですか。ばかばかしい。もっと世話するものが殖えるんですよ。ガラスケースだってこれじゃ足りなくなる。ぼくは一生身の潔白を証明できなくってもいいとしよう。いくら高音部をうたってやっても、おまえはそれをぼくの愛情と受けとらず、ぼくの生理的な結果だと思うんですね。

　ええそうよ、とチョウチョはいった。去勢雄はきらいじゃないから、気にしなくていいのに、いいえむしろ、去勢してない雄より去勢雄の方が好きだったのに、今までも。あなたはきっとあたしの理想的な存在なのかもしれない、といってチョウチョは一曲だけ覚えた例の歌をうたいはじめた。うたうというより、つぶやく。かたる。となえる。

　男の低音にははるか及ばないけれど、人をのろうくらいはできる低いつぶやきでもって、チョウチョはうたう行為の代償にする。

　あなたがもし、わたしを助けてくれたら、わたしはとてもそれをうれしく思います。助けてください。ちょうどあなたみたいな人にそばにいて、助けてもらいたいんです。

　ユージはそのことばに、高音部をつけていった。それはうたう行為ではないとチョウチョには認識されているので、いつもならたちまちゆらぐはずの高音部をつけられても、今はなにもゆらがない。ゆらぐものがない。うたってると思いさえしなければ、ただのかたり、おしゃべり、まじない、のろい、そんな行為だと思いさえすれば、あたしだって音痴じゃなくなる、とチョウチョは思った。これからずっとこういう歌だけうたっていけばいいのだ、とユージも思った。かたる（となえる）（のろう）だけにして、そこにユージが出しゃばって上から自分のことばをかぶせていけばいいのだ。それをチョウチョはちっともうっとうしいとは思わないし、むしろチョウチョはユージの雑音をちからにして、自分のいいたいことをいいつづけられる。やっと、ひとつ問題は解決した。チョウチョはずっとうたいつづけられる。ずっと一本調子の、高い低いの欠如した音程のまま、去勢雄のようなユージの高音といっしょにうたいつづけていくことができる。

　助けてください（助けてください）むりはいいません（いいません）でももし助けてくれたら（くれたら）わたしはきっととてもうれしいと思うでしょう（きっとうれしいと思うでしょう）どうか（どうか）助けてください（ください、どうか）どうか（どうか）どうか（どうか）。

＊Teach Your Children/Crosby, Stills, Nash & Young
Help! /Lennon & McCartney から参照箇所あります。

浮浪者たち

　わたしは雑草に気をとられていた。圧倒されるおびただしさ、背丈もたかだか伸びていて、わたしはとても気になった。これだけ繁れば、さぞや夜も昼もなく、雑草は花粉をあたりにまき散らしているにちがいない。わたしは、闇の中をどこかへとんでゆくその黄色い花粉が見えるかどうか、気になった。いえ、雑草がきらいなんじゃなく、むしろ、とても好きなのである。好きだから、空中をとんでいく黄色い花粉をこの目で見たかった。闇に目を凝らしていたから、人の観察がおろそかになってしまった。その動きを予想することもできなかった。

　アキノキリンソウがまっ黄色だ、とあなたがいうのをふせぐこともできなかった。

　わたしはだまっていた。そんなことはわかっている。わたしが見たいのはそらをとぶ黄色い花粉だ。花や茎についている黄色い花粉じゃなく、そらをとんでる黄色い花粉だ。こういう、真剣な状況におかれたとき、どんなに信じられる男でも、口に出していうことは、わたしの考えていることとは少し違う。だからわたしは苛立っていた。だまっていたのは苛立っていたからであって、なにも誘っていたわけじゃないのである。わたしは植物に集中していたかった。なんの、どこかの男ふぜいに、ちょっと浮浪者だと思って、わたしのテリトリーの植物を名指しでいわれちゃかなわないと思った。不覚だった。そんなことを考えてるうちに、うしろから抱きすくめられた。抱きすくめられた拍子に、わたしはくるりと前をむいてしまった。

　これはたしかですか。

　わからない。どうも記憶があいまいで。覚えておこうとしてこうして話してみてるんだけれど、話すそばから、それが、ほんとうだったのかほんとうじゃなかったのかわからなくなってしまう。

　あなたとわたしが立っていたのは、ただの野原だった。わたしのひみつの場所だった。わたしはそれをあなたに見せたかった。今は夜で、しかも曇っているけれど、たとえば台風の日の明け方にここに来れば、風が野原を揺さぶるのが見られる、とわたしはせつめいした。白いものや黒いものや木の枝がどこかにとんでゆくのも、生きた小鳥がとびながら風に流れていくのも見られる。星月夜にここに来れば、草木の一本一本が浮かびあがるのが見られる。あなたは、きっとどこかでそれを見たことがあると思う。

　あれは高速道路、とわたしは指さした。あそこを走ったことがある？　こっちから向こうにむかって？

　そこをたくさんの光が移動していく。あそこだけがいつも明るい。

　あなたとわたしは雑草の中にわけ入った。ほら、草の刈られたにおいがする。草の殺戮に立ちあったような、なまなましいにおいがする。草の死骸がそこに積んである。におわない、とあなたはいった。牛が鳴いている、とわたしはいった。え、聞こえない、とあなたはいった。だめよ、耳を澄ましてよ。ほら、あっちの方角から草の死骸はにおってくるし、あっちの方角から牛の声は聞こえてくるでしょう。

　聞こえないよ、なんにも、とあなたはいった。ちょっと待ってください。やっぱりわたしは混同している。耳を澄ましてよ、といったのは、たしか、あなたａにではなくあなたｂにで、アキノキリンソウを見ていたのはあなたｂとではなく、たしか、あなたａとで、わたしはそのすべてのことを、もしかしたら、あなたｃと混同して話しているのかもしれない。何もかもたしかじゃないような気がしてきた。

　ほらごらんなさい。たしかじゃないんだ。

　ええ、たしかにたしかじゃない。まっくらだった。あなたを乗せて、わたしはライトを消して暗闇の中を走ってみた。つづけます。暗闇の中を走ってみた。そうすると、バックミラーに暗闇がうつるものだから、ぞくぞくしてつい。

　ぞくぞくしてつい、はたしかである。わたしは何度も何度も、ぞくぞくしてつい、そこを走った。暗闇がうつった。ぞくぞくした。何度も。でもそこにあなたがいたかどうかは、覚えていない。

　耳を澄まさなかったのはあなたｂである。あなたｂとは何かしたかしら。いいえもういい。考えるのはやめよう。思いきりのよさだってときには必要なんだ。何もたしかじゃなくなった今、暗闇の中で今、強調したいのは、耳を澄ますこと。目をみはること。それから嗅覚をとぎすますこと。

　あなたｃに出会ったとき、わたしはあなたｃをあなたａと混同していた可能性もある。顔もようすもちっとも似ていない。何も、どこも、似ていない。でも言語が同じだった。いいえ、ほんとうはちがう。みんながあれはちがうというけれども、わたしには区別がつかない。ＬとＲの区別がつかないのと同じように区別がつかない。もうＬでもＲでもいいじゃないか。そのような言語でわたしに話しかけるのは、あなたａだったはずだ。話しかけられたとき、わたしは、あなただと思った。言語が似ている。声の質も声の高さも似ている。感情の表現のしかたも似ている。たしか？　いいえたしかじゃない。あなたｃに出会ったのはたしかだ。あなたはわたしに話しかけ、わたしはふりかえり、あなたはわたしに手をさしのべた。わたしはそくざに服をぬいであなたと性交をはじめた。

　あなたａは、ふらふらするのが仕事だった。あなたｂ

もあなたcも。

　でも、あなたbは耳を澄まさなかった。目もみはらず、嗅覚もとぎすまさなかった。

　あなたaもあなたcも、いつもふらふらしていて、だからわたしはめったに、あなたたちに出会うことができなかった。かなしい。わたしはあなたたちにもっと会いたい。会いたいと思うのは、人が人をしたうときの尋常な感情ではないか。でも、わたしには待ってるだけの時間がない。わたしはわたしで行くところがあるし、行かなくちゃならないんだから、時間がない。

　どうしてふらふらしてるの、とわたしはあなたcにきいたことがある。べつに、とあなたcはいった。ふらふらなんかしてないよ。あなたcは気づいていないのである。まじめに働いてるんだよ。浮浪者なんてよぶなよ、とあなたcはいった。なんだか語感がわるいじゃないか。浮浪なんていわずに、せめて放浪とか、流浪とか、とあなたcはいった。もっとほかにいいようがあるじゃないか。

　もっとほかに、漂流とか、漂泊とか、遍歴とか、とあなたaはいった。

　もっとほかに、大海原とか、大平原とか、とわたしはつづけた。

　探検とか、開拓とか。

　いいえ、もっとせいしんてきに広々とした感じで。責任もなにもなく。もう元にもどってこずに。あるいはそこに落ち着いてしまわずに。

　それなら、難破とか、亡命とか。

　そう、革命とか。もとい、出奔とか、家出とか。逃散とか、逃亡とか、逃走とか、脱獄とか。

　逃げてるの、どこから、と意外そうにあなたcはきいた。おれは逃げてないよ、どこからも。逃げようなんて思ったこともないよ。逃げなくちゃいけない理由もないもん。そりゃよかったわね、とあたしはいった。逃げないですめばそれにこしたことはないんだけどね。まず目の前のそこから逃げ出さないことには、どこにも、行くに行かれない人間だっているんだから、ただ逃がしてやってよ、どうか。

　どうしてふらふらしてるの、とわたしはあなたaにもきいたことがある。どこそこへ行きたい、とあなたａはいった。それじゃしつもんの答えにまるでなってないでしょう、とわたしは抗議した。連れていってよ、とわたしはいった。ああいいよ、とあなたはいった。連れていって、連れていって、とわたしは何度もあなたにいって、そのたびにあなたは、ああいいよああいいよと返事してきた。ああいいよと答えたとき、いつもあなたはわたしを、こんどこそわたしを誘っていこうと思ったはずなんだ。そのていどの誠実さは持っているんだ。でも出ていくそのときになったら、もうわたしのことなんか忘れ、何もかも忘れて、あなたはそのどこそこへ、浮かれ出ていく。アキノキリンソウだといったのはあなただ。

それはたしかな事実。

執着することは何もない。自分で出ていけばいいんだ。そのときが来たらだれかを待っててやるなんてとてもできない。わたしにだってできない。きみには月経というものがあるじゃないか、とあなたｃがいった。そういうときはどうするの。

なんとかするのよ、とわたしは答えた。自分さえ気にならなけりゃ垂れながしていったっていいんだもの。おれは気になるけど、とあなたｃはいった。そういうもんなんだろうな、長いこと月経とかやってると、ちっとも気にならなくなるもんなんだろうな。でもやっぱり動きづらくはなるよな。たいへんだよなあ。

そんなに気にしてくれるんなら、それにちょっと乗せていってくれればずいぶん楽なのに、とわたしはいうけれども、あなたｃは行き先も日にちも知らせず、目的はあるんだとあなたはいうけれども、そこから浮かれ出ていく。たぶん、行き先をきいたところでわたしは覚えていない。覚えていたくないのかもしれない。しかたがない。自分で行くんだ。

わたしはなんどか夜明けごろここに来て、草の血でねばつく殺戮現場に立って、日ののぼるところを見た。東は町なみも、山もない、ただの、うねる野原だった。どんなに平坦でも、地面はいつも少しずつうねっている。うねりがつづいたずっとあとに、もう何もよせるものがなくなったみたいに、しいんとして、地面はしずかに、しずかに、しずまりかえり、たいらに、たいらに、つづく。もうそこには、草も生えていない。せせらぎもない。土と砂、ときどき干上がって塩が見える。そういう場所をなんども通った。これはだれかに聞いた話ではなく、たしかにわたしが自分で通った場所だ。あなたaも、どこかでいつか、それを見たと思う。あなたcも、どこかでいつか、それを見たと思う。

　高速道路を、荷物を満載してライトをつけたトラックが走りすぎる。つぎつぎに走りすぎる。むこうへ行くのと、あっちへ行くのと、二車線ずつある。そして明かりとよべるものは、そのあたりに、走りすぎていくそれしかない。

　あそこを走ったことがある？　こっちからあの向こうへ向かって？

　わたしはない、とわたしはいった。北へはこのさきずっと行ったことがあるけれど、南へはここまで来た、ここが南端だ、わたしのテリトリーの。

　ある、とあなたcは答えた。あたりまえじゃないか、それがおれの商売だ。

　ああもちろん、とあなたaも答えた。ほかにしたいことなんて何もないから。

ユージとチョウチョ

　ほんとう？　チョウチョがよその男の手にとまるなんて。

　そうよ、いけない？　とチョウチョはいいました。あたしがよその男の手にとまってる間、ユージはよそのチョウチョをその手にとまらせてるのよ。そういうものなのよ、それでいいとあたし思うの、べつに同情してもらおうなんて思ってやしないのよ、そういうものなのよ、それでいいんだし、あたしたちはそれがいいの。

　ユージ、今日のあれはなんなのよいったい、あんたがあんなことをやってるかぎりあたしはなにもできないわよ、まったくいつになったらちゃんといったとおりにできるのよ、あんたとくんでもう何年になると思ってるの。

　ごめんチョウチョ、たとえきみがとちったとしても、それにうまく合わせられなかったのはぼくなんだから、悪かったのはたしかにぼくだったと思うよ、とユージは蝶ネクタイをほどく手をとめていいました。きみの衣装がまえうしろあべこべになっていたとしても、それに気づいちゃってついどぎまぎして間をくるわせたのはぼくなんだから、ぼくが悪いと思うよ、ねえチョウチョ、ぼくが悪かったよ、もう二度とこんなことはないようにするから、機嫌をなおしてくれるとうれしいんだけど、とユージはいいました。

ほら、そのいい方、すごくあたしのことばかにしてる、なんのつもりなのよ、もう今日という今日はあんたにがまんできないわあたし。

チョウチョごめん、きみのことばかにするだなんて、ね、ぼくにそんな気持ちがないことぐらい、きみだって知ってるはずだろ、ほんとに悪いと思ってる、でもぼくだって、なにもかもとちらずになんて、できないんだ、ねえチョウチョ、今日とちったところはぜったい明日はとちらないさ、その証拠に、昨日とちったところは、今日はちっともとちらなかったろ、だからゆるしておくれよ、ねえチョウチョ。

なによ、何回あやまったら気がすむと思ってんのよ、あやまってすむような、あやまってすむような、そんなかんたんなもんだいじゃ、あたしの心は、ないんだ。

チョウチョ、ね、ごめん、明日はちゃんとうまくいくよ、明日はうまくやれるって自信があるんだ、きみがたとえ明日月経になっちゃってすごく機嫌が悪くなっちゃっても、ぼくは明日はきっと絶好調だから、きみの不機嫌さにたいして、もっともっとおかしく受け答えしてお客をもっと笑わせるよ、ぼくがとちったらきみは今日みたいにうまくフォローしてくれるはずだし、もしきみがとちったとしても、ぼくは明日はものすごく絶好調なんだから、とちらないときよりもずっとおかしく持っていくこともできるよ、ねえ、そうする自信はあるんだから。

ユージはチョウチョの帯をといて、一枚一枚脱がせてやりました。

ユージこれ汗びっしょりよ、あんたのそれも汗びっしょり、出しなさいよ、洗っといてあげるから。

ああ、いいよ、そんなことぼくがやるよ、いいんだよ、みんながぼくのこと、きみのいいなり尻にしかれっぱなしって陰口たたいてる、それは知ってるけど、きみだって疲れてるし、ぼくも疲れてるし、だからいっそぼくにやらせなよ、気にすることはないんだよ、ぼくがやってる間きみが少しでも休めれば、けっきょくそれできみの機嫌がよくなって、きみはにこにこ笑うだろうし、にこにこ笑ってるきみを見るのは、ぼくはものすごく好きなんだ。

なんで？　なんでそうなの？　ユージにとってあたしって何なの？　チョウチョは問いつめるのをやめました。

ねえ、答えてよ、ユージったら、あたしの何が必要なの？　チョウチョはつぶやくようにいいました。なにかにつきあたって後戻りできないふうに、いいました。ずうっとあるいてきたけど、もうあるけないの、ねむいの、つかれたのといってるような口調で、チョウチョはいいました。

あたしがこんなふうに軽いから？　そうね、あたしは誰よりも軽いのよ。ユージはあたしみたいな軽いのじゃなけりゃ持ちあがらないのよ。やせてるもの。ユージは男とは思えないくらいやせてるもの。腕だって、すごく細いもの。だとしたらユージがあたしといっしょにいるのはけっきょく体重のためじゃないの、ばかにしてる、体重なんかで何がわかるっていうのよ、そんなに軽いのがいいんなら、霞とでも組めばいいのよ、あたしより軽い子があらわれればたちまちユージはそっちにのりかえるんだ、あたしはだからいつもいつも体重のことを気にしてなくちゃならない、ああ知ってる、知ってるわよ、あんたのやり口はいつもそうなの、いっつも、いっつもよ、あたしがなにかいうたびに、そういって、あんた自分がすごく頭いいんだって思ってて、あたしのことなんか、体重が軽いだけのただのばかって思ってて、だからいっつもそうやって、あたしをまるめこむのよ。

チョウチョ、そんなことはないって、きみも知ってるだろ、そりゃ多少はぼくの方がきみより頭がいいけど、それははじめからみんな知ってることじゃないか、お客だって、それを知ってて、来てくれる、それはきみとぼくの間で、何度も何度も確認したことじゃないか、でもぼくの方が頭がいいからって、それがどうしたっていうのさ、きみにはいいところがごまんとあって、そのひとつひとつが、ぼくにはまったくかけらもないものばかりなんだぜ、たとえばほら、きみのそのかわいらしい羽とか、きれいな鱗粉とか、優雅な触角とか、ついおかしくなっちゃうようなしぐさとか。お客はぼくの頭のよさを見に来るんじゃなくて、きみのそういったものを見に来るんだよ。それはきみだって、知ってるじゃないか。

じゃああたしの体重は？

そりゃ体重は、軽いにこしたことないさ、きみの体重はほんとにすてきだよ、でもチョウチョ、ぼくはほんというとそんなことどうでもいいんだ、きみがもっとずっと重たくなって、ぼくの腕じゃとても持ちあがらないようになっても、きみとぼくなら、きっとなにか新しいことができるよ、なにかいままで考えもつかなかったこと、飛びっきりのこと、きみのその重たくなった体重を使って。ぼくたちに大切なのは、きみが軽いってことじゃなくて、ぼくたちがいっしょにいること、お客に見てもらうこと、お客を笑わすこと、それからぼくの前できみがにこにこ笑うこと、ね、そうだろう、それなら、どんな状態にきみがなったって、どんな状態にぼくがなったって、まるでへいきなんだってことぐらい、わかるじゃないか。

でもほんとう？　ユージのそばに別のチョウチョがいるなんて。

あら、なにがいけないの、あたしは別にかまわないのよ、とチョウチョはいいました。だって、ユージは、あたしのほかにもたくさんのタマゴをガラスケースに入れて育ててるのよ、どんどんそれが孵化して羽化していってるのよ、ユージの持ってる温室ったら、植物園ぐらい大きいんだもの、そこにユージはみんなはなしてやってるの、朝日の中でそれはとても、とてもきれいなの、だからあたしだって、そんなことといちいち気にしていられない。

でも、ほんとう？

ほんとうよ。

いいの、それで？

いつか、あたしね、夢があるの。あたし、ほら、ユージのとこから一歩も外に出たことないでしょ。いつか、この羽でもってはばたいて空を飛んで、海をわたるの。

海をわたるって、どういうふうに？

やあね、バタバタってこうして飛んで、海をわたるのよ。そういうチョウチョの話、きいたことない？

ないわ。

すごいんだって、まるで雲みたいに、大陸から大陸へ、何万ば、何十万ばと、海をわたっていくんだって。

あんた、それをひとりでやるの？

いつかね。

疲れて海に落っこちたらどうすんのよ。それにユージはどうすんのよ。

さあ、どうするかしら。連れていくかもしれない。おいていくかもしれない。

ユージは重いのよ、あんたよりずっと。それに、羽もないのよ。

　そのころにはあたし、すっごく大きくなってるの。羽もずっと大きくなってるの。ユージぐらい、ひょいと乗っけていけるぐらい。大きな羽は、ばさっばさって、大きな音をたててはばたくのよ。

いつかっていつ？

人を呼ぶ、人に触れる

　電話は夕方にかかってきます。好きと思っていましたが、わたし、心を冷静にして考えてみるとどうもちがうようです。いいえ、なにもないのです。その男のことは。好きというのとこれはちがうようです。それだけです。毎日かかってきます。ほんの十分間話します。男がわたしのことをどう思っているのか考えてみましたが、好きというのとはちがうようです、これは、どうもちがうようです。それなのに男は毎日電話をかけてきます。べつに話すこともないのに毎日かけてきます。それだけです。電話がかかるだけです。

　あなただけじゃないんです、電話をかけてくるのは、とわたしはいいました。でも電話をかけてくるだれにも、好きなんて感情は持っていないような気がします。電話口ではなにもつきつめないで感情的にならないで話をつづけていくことができるような気がします。それにわたしはそのだれとも、会うことがないんです。ただ電話で話すだけです。

　電話は深夜にかかってきます。深夜の二時や三時。ごめんなさい、遅かったかしら、もう寝てましたか、と男がいいます。いいえだいじょうぶ、とわたしはいいます。コードレスの電話機はふとんの中にあります。目をつぶったまま、さあ話してください、とわたしはいいます。結婚したいんです、と男はいうのです。夜遅く帰るととくにそう、と男はいうのです。そういうときに温かいみそ汁が飲みたいんです。ああそう、とわたしはきいています。みそ汁が飲みたいんですね、みそ汁が好きなんですか。いや、みそ汁にこだわっているわけじゃないんですけど、と男がつづけます。やっぱり夜遅くだれもいないところに帰ると、だれかのつくったみそ汁を飲みたいなあ、と思うんです。こんどそちらへ行きますが、と男がいいます。会えないかしら。時間がありませんから、とわたしはいいます。もうずいぶん長いこと会っていませんよ、と男がいいます。ええ会っていません、とわたしもいいました。

　でも会ってないというのはその男だけじゃないんです、もう何十年も会っていない男もいます。その男からも深夜に電話がかかってきます。

　じつはわたしはその男を子どものころから知ってるのです。ほんの小さな男の子だったころから。だからその小さな男の子の成長するようすも知ってるのです。いいえ、見ていただけです。その間はほとんどしゃべりませんでした。小さい男の子と小さい女の子だったころは毎日遊んでいても、大きくなるにつれて、しゃべれなくなるのです。同時に会わなくもなるのです。生活がちがいますから。しゃべれるようになったのはついこのごろ、電話で、とりとめもないことをしゃべるようになってからです。そういうわけでと男がいいます。その女性の日本語がきみょうにきこえたってわけなんです。なんでこんなこと話さなくちゃならないのかしら、そろそろ寝ようかな、と男はいいます。もう遅いですから、とわたしもいいます。電話を切りました。コードレスの電話機はふとんの中にありました。

でも深夜ばかりってわけじゃないんです。早朝にかかってくる電話もたびたびあります。コードレスの電話機はふとんの中にあります。べつに用はないんですけど、ちょっと声がききたくなって、今真夜中で、もう寝るところなんです、とたいてい二、三分で話はとぎれます。べつに話すこともないのです。遠く離れていて、会うこともないものですから。話題もとぼしくなりますが、男はたびたびそうやって、こちらの早朝、そこの真夜中に電話をかけてよこします。話がとぎれます。こんどわたしの方からもかけますね、とわたしはいいますが、かけそびれてるうちに向こうから電話がかかってきます。べつに用はないんです、何か声がききたくなって、今こっちは深夜です、という電話が朝の起きぬけにかかってきます。起こしてしまったかしら。いいえだいじょうぶ、どうぞ話してください、とわたしはふとんの中で目をつぶったままいいました。

早朝にかかってくる電話はその男だけじゃありません。もう一人います。その男からは朝に晩に、電話がかかってきます。いいえ、なにもないのです。ただ、電話がかかってくるだけです。好きというのでもないようです。朝に晩に電話はかかってきます。習慣です。たいしたことを話すわけでもないのです。朝に晩に電話をかけていれば、話すこともなくなります。でもふしぎなもので話すという行為は、朝に晩に電話をかけていた方がなめらかになっていくものです。電話がかかってくるたびに、ほらまた電話したよ、するっていったからちゃんと電話したよ、と男がいうので、うるさい、しつこいとわたしはしかります。でも、丸一日電話がかからないと、わたしはかんかんになって男のところへ、なぜ電話をかけてこないのよあなた電話かけるっていったから待ってたじゃないの待つってどんなにつらいことかあなた知ってる、と電話をかけてどなるので、男は、ほら電話したよほら電話したよという無意味な電話をいっこうにやめません。

でもその男だけじゃないんです、電話をなかなかかけてこないのは。そうしてわたしはそのたびに電話を待っています。そういうのはもうほんとうにいやなんです、電話を待つのはいやなんです。そんなに話すことがあるわけでもないし、そんなに電話をかけてほしいわけでもないのかもしれない。電話がかかったところで、あるいはかからなかったところで、たんに電話がかかるだけ、あるいはかからないだけ。なにもありません。でもわたしは待ってるんです。かけるって男はいいました。あるいはいいませんでした。それでもきっとかけてくるって知ってるものですから、待ってるんです。たいしたことを話すわけでもないんです。声をきくだけでもいいんです。留守電にふきこまれた声をきくだけでもいいんです。あるいはかけてきたという事実を知るだけでもいいんです。ええ、話さなくたっていいんです。

　待ちきれないのです、ときどき。それでわたしはＦＡＸをおくります。お電話ください、いそがしくないときに、とＦＡＸをおくります。こちらからかけるべきなんでしょうがかけてほしいんです、わがままでごめんなさい、お待ちしております、とＦＡＸをおくります。今日はいつもの電話がないなあ？　とおねだり、とわたしはＦＡＸをおくります。電話はかならずかかってきます。たいしたことを話すわけでもないんです。電話がかかって、うれしい、ええうれしいのはうれしいんですが、たいしたことじゃないんです。電話がかかったとたんに、待っていたことを忘れるんです。ただかかってくる電話を待っていました。電話がかかってくるまでは電話がかかってくるかかかってくるかということばかり考えていました。かかってこなければ電話をかけた方がいいのかかけていいのか、かけたいがかけてもいいのかということばかり考えていました。かかってきたとたんに、なにもかも忘れるんです。いいえ好きだからなんてそんな理由じゃないんです。あなただけってわけでもないんですから、心配しないでください。あなたのことしか考えてないなんてことはないんですから、どうか、気にしないでください。気にされるとこまります。電話だけでいいのかもしれません。

　電話だけでいいんです。

　それなのに思うときがあります。あなたからこんど電話がかかるときまでどうやって生きていけばいいのかしら。

　あなただけじゃないんです。だから気にすることはないんです。いつでもかけてくださっていいんです。早朝でも深夜でも気にしないでかけてくださってかまわないんです。

遠くからかかってくる電話はあの男だけじゃありません。毎週一回遠くからかかってきます。こちらが夕方のころ、そこは深夜です。定期的にかかってきます。毎週一回かかってきます。それ以上でもそれ以下でもありません。かかってくるのは夕方です。そこは深夜です。男はコードレスの電話機をふとんの中に持ちこんでかけています。これから寝るところです、と男はいいます。仕事がはかどらないんです、ちっとも、なんにも。仕事がはかどらないから、ろくなものも食べてません、朝も早く起きてしまいます、疲れがいつまでも取れません、と男はいいます。いけませんね、とわたしはいいます。病気じゃありませんから心配しないでください、と男はいいます。どうってことはないんです、つまらない、どうも、なにをしても。つまらないということばは、電話を人にかけるかけつづける行為をあらわすのにいちばんいいことばじゃありませんか、と男はいいました。なにをしていてもそのことばが頭から離れません。そうね、そうかもしれませんね、そう思います、とわたしはいいました。

でもどうしたんですか、あなたから電話がありません。最後に電話がかかってきたのは三日前でした。あのときわたしはなにかあなたの気を悪くするようなことをいったんでしょうか。好きだなんていいませんでしたよ。そういう感情は持ってないのかもしれないと思っていましたし。ただ電話を待ってるだけです。あなたのことは何も知りません。休日はなにをしているのかということも。休日がいつなのかということも。どういう家にだれと住んでいるのかということも。わたしに毎日電話をかけてくることで、あなたはなにを忘れたいと思っていてなにに触れたいと思っているのか、そういうことも。今日電話がかかるかどうか知りません。明日はかかるかどうかも。このままずっとかかってこないのかどうかも。電話をかけてこなかったこの三日の間、あなたがなにをしていたのか、わたしのことを少しは思い出したのか思い出さなかったのかということもわたしは知りません。今、あなたがどこでなにをしているのかということも。今の今、わたしに電話をかけることを考えているのかいないのかということも。わたしはなにも知りません。

朝に晩に電話をかけてくる男から留守電が入っていました。いないの、いないみたいだね、いると思ったのに、でもとにかく電話したよ、電話するっていったからちゃんとしたよ、それじゃまた。

コードレスの電話機はいつでもふとんの中。

わたしはずっと電話を待っていてもいいかと思います。


（『手・足・肉・体 Hiromi 1955』一九九五年筑摩書房刊）
＊当書は伊藤比呂美の詩（『手・足・肉・体』）と石内都の写真（『Hiromi 1955』）から成る一冊として刊行された。

〈ラヴソング〉から

あしたはまべを

すみません
記憶があいまいなんです
教えてください
あなたはあのとき
窓の外のそのまた向こうへ
わたしが行こうとしたとき
ひと押し押してくれましたっけ？
それとも、あなたが
手をひいてくれたんでしたっけ？
それとも、わたしはぜんぶ
ひとりでやってのけたのでしたっけ？
むりをいってるんじゃありません
わたしももう若くはないし
なさけないことですが

あれ以来
ただ宙に浮いているような気がして

浜辺を歩いていて見つけたもの
うちあげられた海藻
カモメの死骸
シギやチドリの足跡がいくつも
こんなふうに（図）

＊センダック『まどのそとのそのまたむこう』脇明子訳から引用あり。

女を追つて

女を追つて停車場に行つた
女を追つて停車場に行つた

手に鞄さへ抱へて行つた
手に鞄さへ抱へて行つた

夜の雨はあがつたばかり
月が出たりひつこんだりしてゐた

女の手は冷たかつた
とても冷たかつた、女の手は

汽車が停車場に入つてきたとき
汽車が停車場に入つてきたとき

私は女の目をのぞいて見た
私は女の目をのぞいて見た

月はちやうど出たとこだつた
女も私もあかるくなつた

あかるいとこで私には見えた
その唇も拒絶の意思もクッキリ見えた

汽車が停車場から出てゆくとき
汽車が停車場から出てゆくとき

汽車の尾灯が点いてゐた
汽車の尾灯が点いてゐた

青と赤のきれいな灯りが
どこまでもならんで遠ざかる

しんとした停車場で
泣いてゐるのは私の心です

（『ラヴソング』二〇〇四年筑摩書房刊）

未刊詩篇

河原の婆

河原の中におります
いちめんをおおいつくす草ぐさの繁りであります
繁る　繁る　繁る
　ひいる　ひいる　ひいる　ひいる
暮れて　色が　溶けて消える
葉の　色が　溶けて消える
　ひいる　ひいる　ひいる　ひいる
ふわりと　鷺が　飛ぶ
ひきつったように　蝙蝠が飛びまわる
尻をひきずって　鴨が飛んでいく
　ひいる　ひいる　ひいる　ひいる
聞こえる　あれは　人の声だとおもいます
それなら私です　私の声であります（垂れてしぼんだ

しみだらけの婆あがいった）
私は河原の婆です
うたうつもりもないのに　声に出ます
　ひいる　ひいる　ひいる　ひいる（と
いおうとおもえばいえるだけで
ほんとうはそんな音ではない
音がことばになるわけもない
高い　連続する　尻上がりの
電子音かとおもう人の声）と　声に出ます

昔は人の夫と暮らしました
まだ腹も乳房も引き締まり子はいくらでも生めたころで
　す
人の夫と暮らしながら葛の蔓とつがいました
人の夫も　夫と生んだ子どもらも去りました
いまは河原の草ぐさはたいてい私の夫です
なんども子を孕みましたが葛の蔓が情欲にかられて
腹の中をかきまわすので
流れた子もありました　流れずに　生んだ子もありまし
　た　それが
葛の子だか人の子だか今でもわかりはしないのです

河原は　死骸だらけです
草ぐさのしわざであります
あそこに生えるあの穂草　あの　葉の　長い
人にしなだれかかっていくけれど　長い葉が　触れるや
人のてのひらをすばやく切り裂き　血をなめとります
あれは臆病な草ですから　切っておきながら
突風でも吹いたようにざわめいて
自分のしたことに　うろたえるのです
薄は　獰猛で　生き物にも小さい草にも
はじめから息の根を止めるつもりで襲いかかり
ぎざぎざの葉で　一掻き
血がしぶくのを
荻が　踏みつけてざわめくのです　蒲が　踏みつけてざ
　わめくのです
蔓草は　虫に食われて穴だらけ
その根もとは　死骸でいっぱい

死んだ犬猫
蛙　亀　魚
いらないあかんぼ
それをひろって　私が食いました
食えばうまく　とてもうまく　また食いたいと思いまし
た
だから食いました
ときには生きてるものも　とって　殺して　食いました
河原の婆は　死骸でいっぱい

私は婆あです
日の暮れる前には　うたわずにおれません
雨になる前も　明けがたにも
ひいる　ひいる　ひいる　ひいる（と　いおうとすれ
ばいえるけれども
ほんとはそんな音ではない）
もう　ね　私はからだを開いて
蛇に入ってきてもらえれば何もいうことはない
それだけで良い

蛇で良い　ただの小さな蛇で
口が裂け　まだらの模様がある　蛇
それが　ぱたぱたはためいてくれるだけで良い
からだから離れても　ぱたぱたはためいてくれたら
その蛇は　もっと良い

このなま青い草ならば
まだ泡立っていないのです
風が吹くと　頭の大きな若い茎が　ぐらりとして
つぎの茎を押し　押された茎もぐらりとして
つぎの茎を押し　つぎの茎もつぎの茎も
頭の大きな青い茎が　何百本も　たおれて　そして起き
あがり
葛の葉が　その上を這いまわり
蔓の先を持ち上げて　入りこめる膣を待つ
その情欲の強さといったら　ありません
そんなふうに　わたしも　葛と　つがいました

ひいる　ひいる　ひいる　ひいる

風が吹いた
（絶対あんな音ではないのだけはたしかだ）
空の一辺で
（絶対あんな音ではないのだけはたしかだ）
雨雲がぎらぎら光った
目を射る緑だ
河原の草が揺れた
前に後に
（絶対あんな音ではないのだけはたしかだ）
揺すられて　ぎらぎら光って　生長した
蔓草という蔓草が　血だらけの蔓をあげて
立ち上がった
私です　それはたしかに私の声です

（「ミて」64号、二〇〇四年八月）

散文

或る日君は僕を見て嗤ふだらう

百科事典を読むのが好きでした。十五十六十七の、うつうつとして楽しまない思春期後期を生きていた頃です。高校受験という目標があった頃は楽でした。高校に入ったらイキナリ何もかもがぱかーんと弾けたみたいに見えなくなって、それは時代もありましょう、激しく学生運動していた世代がすぽんと卒業していった年でありました。ぱかんすぽんと何にも無くなった時代でありました。

で、とりあえず太宰にハマりました。最初は現国の教科書に載っていた「走れメロス」、なんだか惹かれて文庫本を買ってきて、「晩年」を読み、「人間失格」を読んで、後戻りできなくなりました。数学も生物も化学もぜんぶ放り出して（つまり理系が苦手でした）命がけの形相で太宰を読み耽りました。そのときは、もういっぱしの落ちこぼれでありました。

太宰ばかり読んでいてはやはり生活しづらいものですから、気を緩めたときの憩いには百科事典を読んでました。するとある日「な」の項で、ひとつの写真が目に飛び込んできた。丸帽子をかぶって丸顔で、一重まぶたで、くちびるがぶ厚くて。そのまま都立高の一年某組の隣の席にすわっていてもおかしくないような少年の顔。横の解説には「中原中也」と書いてありました。

文学好きは自認していましたが、太宰ばっかり読んでました。詩のことは何にも知りませんでした。わたしは本屋に走りました。板橋のかたすみの裏町の小さな本屋でしたが、棚にちゃんとありました。角川文庫、河上徹太郎編の『中原中也詩集』。開いたところに、あの丸帽子の写真がありました。で、読みはじめたのですけれども、詩とは、またずいぶんと読みにくいものでした。

読み慣れた太宰あるいは小説は、次にどうなるかと気がかりなお話があるし、この行から次の行へは、地道に、筋道立てて、破綻のないような形でうつっていく。ところが詩はそうじゃない。お話が無い。行から行へは飛躍する。いきなり別のイメージや言葉が脈絡なく飛びこんでくることもある。感情が生であり、過多である。最初にぶつかったのが「咽喉が鳴ります牡蠣殻と」と「カドリール　ゆらゆるスカーツ」でありまして、なぜだ？　なぜ牡蠣殻で、なぜスカーツなんだ？　と、とほうにくれたのを覚えています。

しかしそれでも惹きつけられました。こんな顔した男が書いたんだからおもしろいはずという無闇な期待もありまして……中也詩集を、何処に行くにも持ち歩いては見てました。

その日わたしは電車に乗っておりました。いつものように、わからない中也詩集をひらいて字句をながめておりました。高田馬場から新大久保にむかうあたりでした。ドアにもたれて、流れる風景。車輪のきしみ。人の息。人のざわめき。そのとき、とつぜん、わたしはわたしの中に、すっと詩が入ってきたのを感じたのであります。この詩です。

　或る日君は僕を見て嗤ふだらう、
　あんまり蒼い顔してゐるとて、
十一月の風に吹かれてゐる、無花果の葉かなんかのや
　うだ、
棄てられた犬のやうだとて。

未発表詩篇の中の「曇つた秋」という詩です。頭の中がぱっとひらけて、昨日まで何の意味ももたなかった詩をひとつ飲み込みました。わたしは感動に震えました。

あのやうにゆつたりと今宵一夜を
鳴いて明さうといふのであれば
さぞや緊密な心を抱いて
猫は生存してゐるのであらう……

そうそうそうそう、これこれこれこれと何百遍もうなずきました。わたしが日々感じていたつまらなさ、かったるさ、寂しさ、むなしさ、心許なさ、何も無いという実感（でも諦めではない）が其処にありました。「緊密」も「生存」も使ったことのないことばでしたが、こうして読み取ってみましたら、「わたし」や「手」や「皮膚」みたいに、自分のものになりました。

ひとつわかったらまたひとつわかりました。同じく、秋が題材の「秋」という詩でありました。

昨日まで燃えてゐた野が

今日茫然として、曇つた空の下につづく。

これは、独白／男の語り／女の語りと三部構成になっている詩です。女の語りの、

草がちつともゆれなかつたのよ、
その上を蝶々がとんでゐたのよ。
浴衣を着て、あの人縁側に立つてそれを見てるのよ。
あたしこつちからあの人の様子見てたわよ。
あの人ジッと見てるのよ、黄色い蝶々を。

とつづくそのリズム。英語の時間にならったライムとかいうもの、日本語には無いという話だったがそんなもの無くたってちっとも不自由しないじゃないかと確信しました。そして音のひとつひとつに揺さぶられていきました。

二つわかればあとは早い。

秋空は鈍色にして／黒馬の瞳のひかり（「臨終」）もわかりました。

これがどうならうと、あれがどうならうと、／そんなことはどうでもいいのだ。（「盲目の秋」）も、

港の市の秋の日は、／大人しい発狂。（「港市の秋」）も、

僕にはもはや何もないのだ／僕は徒手空拳だ（「秋日狂乱」）も、

秋の日は、干物の匂ひがするよ（「干物」）も、秋の詩はどれもよーくわかるのでそれなら春もと思って読んでみると、春の詩もよくわかる。

摘み溜めしれんげの華を（「春の思ひ出」）も、

けふ一日また金の風（「早春の風」）も、

流よ、淡き　嬌羞よ、（「春の日の歌」）も。

トタンがセンベイ食べて／春の日の夕暮は穏かです（「春の日の夕暮」）とは、まさにわたしが日々感じていたことだし、

手にてなす　なにごともなし。（「朝の歌」）とは、わたしの現実でした。それなら冬もと読んでみると、これもわかる。

ホテルの屋根に降る雪は（「雪の宵」）も、

私の上に降る雪は（「生ひ立ちの歌」）も、

除夜の鐘は暗い遠いい空で鳴る。（「除夜の鐘」）も、

蟬が鳴いてゐる、蟬が鳴いてゐる（「蟬」）も。おっと、これは夏。もちろん夏の詩もわからいでか。

噫（ああ）、生きてゐた、私は生きてゐた！（「少年時」）は当然だし。

青い空は動かない、／雲片（ぎれ）一つあるでない。（「夏の日の歌」）も、

夏の午前よ、いちじくの葉よ、（「いちじくの葉」）も。

じつに季節の詩が多い。まるで歳時記か小学唱歌のようです。そしてそれが、わたしが中也に惹かれた理由のひとつでありまして、実は、むかしから小学唱歌と歳時記がだいすきでした。咲く花、鳴く鳥、そよぐ風、そのどんな描写を読むにつけ心が震えるというそのわけは、叙情や郷愁の根底に、万物の、うつりかわる無常感がながれているからじゃないかと思うのです。

歳時記はともかく、小学唱歌は、季節のうつりかわりをうたいつつ、その無常な叙情で理性を麻痺させてから、志をはたしていつの日にか帰らんとか、身をたて名をあげとか、そういう価値観を押しつけてくる。催眠療法のようなものです。

以前はすなおに愛唱してたわけですが、当時は落ちこぼれてましたから、やよ励めよといわれても、励みたくない気持ちでいっぱいでした。

ところが中也は、四季を刻々とうたいあげながら、あゝ　おまへは何をして来たのだと……吹き来る風に云はれて、しゃあしゃあとしているわけですよ。汚れつちまつた悲しみに、なすところもなく日は暮れるんですけど、それでイイわけですよ。それでイイんだよ、僕もそうだったよ、ゆあーんゆよーんだよ、といってくれた。それこそわたしの欲しい叙情であり無常でありました。

すきになれなかったのは、俗謡くさい口調です。

ほんに別れたあのをんな、／いまごろどうしてゐるのやら。（「雪の宵」）

お太鼓叩いて　笛吹いて（「六月の雨」）

ポツカリ月が出ましたら、／舟を浮べて出掛けませう。（「湖上」）

ひねもす空で鳴りますは／あゝ　電線だ、電線だ（「雲雀」）

思へば遠く来たもんだ／十二の冬のあの夕べ（「頑是

ない歌」）

シュバちゃんかベトちゃんか、／そんなこと、いざ知らね、（「お道化うた」）

ギタアを持つては来てゐるが／おつぽり出してあるばかり（「月の光」）

というような。

歌謡曲、演歌、ある種の童謡も含めて、俗謡調の歌詞や詩といえば、感傷的で悲観的で、かつ否定的で、性差のクッキリした感じ、そして七五のリズム……。それがなんだか、エロくて不潔な感じがして、いやでした。自分を否定する成熟さだと思えたのでしょうね、思春期は潔癖です（五十になった今はだいすき）。白秋を読んだのは大学に入ってからですが、あの顔であんなに俗謡くさいと、どうしても芸者を前にヤニさがっているオヤジというふんいき、若かったわたしはへきえきし、同じ俗謡くさくても、中也のほうがずっとましだと思ったものです。

そういうわけで、十六十七十八と、中也に明け暮れて生きていました。声に出し、書きこみ、書きうつし、中也の詩句はそのまんま血や肉になったかと思われるほど。中本はぼろぼろに崩れ果てました。中也詩集にのめりこむことで、落ちこぼれて、妄想ばっかりふくらむ十六歳少女、美しくもなく、やせてもなく、まるで自信の持てなかった少女は、生きた男に直面しなくちゃいけない現実を、数年間遅らすことができました。死人は口をききゃしませんし、手をにぎってくることもありません。楽でした。それにはあの、丸帽子のこっちをぽかんとみつめる少年顔が必要でした。

中也に、決定的に影響されたことがもうひとつ。

中也には、きちんとととのった詩と、だらだらとつづいていく詩があります。前者は、たとえば有名な「汚れつちまつた悲しみに……」とか「サーカス」とかを思い浮かべてください。わたしが最初にわかった詩「曇つた秋」は、後者です。四行ずつが三連、それからぽつんと一行、そしてまた四行ずつ、四連、八連とつづいて、最後に二十行、そして「オワリ」の一行。という、意味があるのかないのかわからない、定型じみただらだら不定型。そしてこれが最初の詩でした。

以来、孵化した雛が最初に見たものを追うように、だらだらした詩が好きでたまらない。わたしにとっての詩とは、このように、収拾もつかない展開がつづいていくもの……そういうもの。中也的にはその方が少数なんですが、因果なことです。なんとかして「曇つた秋」みたいな詩を書きたい書きたいと、一貫して思いつづけておりました。


（「中原中也研究」11号、二〇〇六年八月）

おさんやきりぎりすやヴィヨンの妻や

太宰治さま
書きづらくって、ずっと逃げ隠れしておりました。というのも、「太宰治さま」で書き出したら、筆が、待ってましたといわぬばかりにつるつる滑り、まず、書きつけたのが「おわかれいたします」。

なんだかわたしはあなたの妻のような気がしてならず、妻には、なったこともないのですから、俗にいう「でじゃぶ」といふものか。「生きてゐさへすればいいのよ」とか「呆れかへつた馬鹿々々しさに身悶えしました」とか、旧かな遣ひで、切り口上の捨てぜりふいいたくてたまらず、つまりあなたのお書きになった、おさんやきりぎりすや皮膚と心や十二月八日やヴィヨンの妻みたいな口調で書き出してしまったものですから、あわてました。

やはりさんざん読んできたのです。

男なんてぜんぜん知らなかった頃に、生きている男の代替物としてののめりにのめりました。知らないながらもあなたのような男にならなら、何もかも、日記帳でも何でも、差し出したいと思っていたほどです。

道ならぬ恋。はじめていたしました。

わたしはこの間、奥様の美知子さんの『回想の太宰治』の解説を書かせていただいたのですけれども、書いている間じゅう、なんだか薄い嫉妬が（春の日の夕暮れに）くすぶっているような、ふしぎな気持ちでした。

もっと若かった頃は、男であるあなたに自分をかさねておりました。人間失格や晩年あたりが、素のわたしにいちばん近かった。

女生徒には、はっきりと嫉妬しておりましたから、あの媚びたっぷりの口調が大きらひでした。実は、斜陽も、きらひです。ここも旧かな。

おさんやきりぎりすや皮膚と心や十二月八日やヴィヨンの妻という妻ことばは遠い、遠い存在、こんな女の口調は、経血にまみれているように感じて、きたならしいとさえ思っておりました。しかしこの頃は、なんて自然に、口から流れ出てくるのでしょう。若くない女の告白体ほど身になじむものはありません。やはりそれは、内なる声というよりは、昔さんざん読んだ、その声が、農薬か化学物質のように、体内に残留しているせいじゃないかと思うのです。

少し書きつけて、そうして客観的に見てみましたら、どつぼにはまった感じ（この辺はわたしの地声）、これではいけないと思いました。いやらしいと、思いました。

わたしたち女というのは、あなたが思ってるよりもっと無頼な生き物です。

思えば十五のとしにあなたに出会い、あなたなしでは夜の目も寝ない日々を過ごし、はっと気がつけばあなたそっくりの声を身につけており、自分で自分の声と思って出したものが、実はあなたの声であったなどということは、なんども経験しました。

内容は、以前は夢中で追いかけたものです。でも、このとしになって、男のことではさんざん経験を積みましたら、あなたのお作品の中の男のエゴが、痛ましいというよりは馬鹿々々しくなって、うわあ、いけねえ、とあなたの真似をして叫びたくなります。

声です。声だけなのです。惹かれるのは。

浄瑠璃でも能でも落語でも、声を聴くためには、その話は同じでなければいけなかったのです。どんなに聴き慣れた話でも、そのお声があまりに大きく、聞いたことのない悪声なものですから、ついわたしたちは聞き惚れてしまうのです。

同じ話を、あなたは、くりかえし語る。円朝のような落語家が、伝えられた噺を自分のことばで語るように、鷗外のような文学者が外国語で読んだ文学を自分のことばで翻訳してみせるように、あなたは、すでにわたしたちの知っているあなたという物語を、あなたの口調で語り直す。

そしたらそれは「小説」でしょうか？　小説だとあなたはおっしゃいます。小説とは、何なのでしょう。

この頃すきなのは、盲人独笑。走れメロス。女の決闘。あなたはいらっしゃらないけれども、さっきまでおすわりになっていた椅子に腰掛けるような感じで、じっとりと、あなたの体温やらにおいやらをからだで味わえるのがすきです。盲人独笑から、一節、書き抜きます。あとがきです。

「作家としての、悪い宿業が、多少でも、美しいものを見せられた時、それをそのまま拱手観賞してゐることが出来ず、つい腕を伸ばして、べたべた野蛮の油手をしるしてしまうのである。作家としての、因果な愛情の表現として、ゆるしてもらひたいのである。美しければこそ、手も、つけたくなつたのだ。ただならぬ共感を覚えたから、こそ、細工をほどこしてみたくなつたのだ」

以前、津島佑子さんのお宅で、ヴィヨンの妻の直筆原稿をみせていただきました。もうすぐそれを山梨文学館に委託しておしまいになるというのを聞いて、矢も楯も堪らず、お願いしたのです。

夏でした。末の娘を連れておりました。津島さんは娘に、桜桃を出してくださいました。娘は、日本産の桜桃など、見た事も無かったのです。家で食べるのは、毒々しく赤黒いアメリカ産の桜桃ばかりでしたから。大喜びで、いくつ食べたか。これから母が何を見るかなど気づきもせずに。

津島さんが黒い鞄を居間に持っておいでになり、そこからそれをお出しになった瞬間、わたしは文字どおりふるえました。

あなたがそこにいる!

そう思うと、居ても立ってもいられず、一瞬逃げ出したい気持ちにもおそわれました。そこをぐっと我慢して、目を瞑りたいのを必死で見ひらいて、手を伸ばし、そっと取らせていただいて、ひらいて見た、あなたの字は、流麗な、よい字でした。冒頭の一字から、最後の一字まで、川の流れのように流れて、直しはほとんどありませんでした。まるで、生き物のようでした。

和綴じになっているその表紙は、あなたの着ていらしたお着物から布を取って装幀をされたということで、わたしは、あのエド・ゲインのつくったという皮膚のチョッキのことなど思いだしました。まるで生き物のようでした。

その上、題字は、井伏鱒二さんのお手蹟ということでした。ほんとうに、生き物のようでした。

「生きてゐさへすればいいのよ」も、「けけ、と妙に笑ひました」も、そこで、その中で、爬虫類のように素早く、ぬめぬめと生きてゐました。

(「別冊太陽」二〇〇六年六月号)

昔の人の今の声

　ワタクシというものにふりまわされて無我夢中で生きています。この頃本が読めません。昔のものしか読みたくありません。今の人の書くものはいたましすぎます。千年ほど昔の人の書いたものは自分と現象とのあいだに一線をきちんと引いてるようで、その上を自在にまたいでいるようで、どこかすがすがしくて、安心して触れることができるのですね。読み込むにつれ、人が書いたものではなく声を出して語った、それを聴いたと、そう感じられ、その声さえなまなまと聞こえてきます。

　ある日、どこであったことだったか聞いたのはたしかですが忘れてしまった、ですから某所ということにしときましょうと、昔の人[*1]が語るのをききました。

　某所に年上の妻と連れ添う男がおりました。妻には連れ子がひとりありました。あるとき妻がこんなことをいいだしました。——夫婦をやめようじゃありませんか、わたしは家の中の一間でのどかに暮らします、あなたはよそから女を連れてくるよりこの子を後添いになさいませ、知らない人に入られてあれこれいじくられるよりはわたしも気持ちがいいでしょうよ、この頃は何かにつけて夫婦でいることがわずらわしくなっちゃって。そんなことをいいだしたものですから男もとまどい、何をいうかと娘も思いましたけれども、妻は思いつきでいってるわけではなくしきりに二人を説得してかかりましたので、やがて男は継娘と夫婦となって暮らしはじめました（それは思いがけず良いものでした）。そうなってからも、どうしているかなと思ってなどといいながら、ときどき男は女の部屋に顔をみせ、新しい妻も母を女を大切にして日々を暮らしていましたが、ある日、男が外に出かけ、妻は母の部屋に行って話をしていたときのこと。母のようすがなんだかおかしい、何か考え込んでいるようですので、娘は、おかあさん心配なことがあるのならどうぞ話して、隠し事なんかしないでといいますと、あらなにも考え込んでなんかいませんよ、ちょっとこのごろ体の調子がよくないもんだからなどといい紛らわすところがよけい気にかかり、娘がさらにきさただしますと、母はとうとう語り出しました。――そうなの、もう何を隠したりするものか、つらくてつらくてたまらないの、今のこの状態はわたしがいいだしたことなのよ、だから誰を恨むことなんかないのにね、でも夜にふと目が覚めたとき、ああひとりで寝てるんだと思うとたまらなくなってしまうのよ、昼間あなたたちのようすをのぞきにいったことだってあるの、あなたたちが××してるのを陰からのぞいたときも物凄く苦しかった、今だって、胸の中がざわざわしてどうしてもおさまらない、こんな苦しみを味わうなんて思ってもみなかった、だれのせいでもない、自分のせいと思い返して今まで我慢してきたけど、こんな深い罪になってあらわれてきたのよ、ほら、このあさましさ、と両手を出して見せますと、その親指が二本とも蛇になり、赤い舌をさし出してひろひろと動いておりました。娘は目の前がまっ暗になり何も考えられなくなりそのまま黙って髪をおろして尼になり一生黙りこくって過ごしました。男が帰ってきてわけを知りこれもまた僧になり、あの母もまた尼になりました。朝も夕もこのことを悔い改めようと一心につとめましたので、蛇の指もやがてもとにもどったといいますが、母は、後には、京の町を乞食をして歩いていたということです。この目で見たという年寄りから聞いた話ですから、そう昔のことではなかったと思います。

千年の昔にもわたしみたいな女がいたのだな。そう思うとせつなくて。いやこんなことをしたわけではない。でも蛇の指なら持ちました。ひろひろと動いてました。いつか乞食をして歩くのかもしれません。

この頃死ぬということについてよく考えます。若かったころもそれは考えておりましたけど、昔は妄想してました。死とは、快楽に近いものかと。ときどきそんな描写がしてあるものですから妄想して、おなにーなんかもしてました。しかしこのごろ考えるのは、死は快楽からはほど遠く、苦しい、つまらない、ふつうにあるものだということ。わたしも五十で、おばさんになりまして、自然とまわりも高齢になりまして、死に行く人々が大勢いる。大勢いて、みんなどんどん死んで行く。それを見てますとわかります。死とは。つまらない。苦しい。見苦しい。憂鬱で、もの悲しい。果てしもない。意に反するが避けられない。

それならこれはどうですか、と昔の人はさらに語りました。これはごく最近のことですが（いえ、昔の人にとっての最近ですが）あるかたのイトコのつれあいのウバのきょうだいの夫とかいう男がひとり、長い間往生のことを思いつめていたそうです。

往生したい、往生したい、しかし自分の意志なんて思うようにはいかないものだ、もし悪い病気にかかって悶えながら死んだり、意識も無くして死んだりしたら、往生などできるものじゃない、病気じゃだめだ、病気以外で死なないかぎり、臨終のときに落ち着いていられるわけがない、と考えて、身燈しようと思い立ちました。しかしさすがに苦しいものらしい、ひとつ、できるかどうかためしてみようと考えまして、鍬を二つまっ赤に焼いて両脇にさしはさみしばらくジッとしておりました。肉は焦げ脂は溶けて皮膚はめくれ、酸鼻にたえないようすになりましたが、本人は、これならできる、へのかっぱであると確信しまして、火傷の治療をしながら身燈用のかまどを用意したりもしていたのですが、ふと思い直してこう考えました。もう証明済みのように身燈なら大丈夫だ、しかし浄土へ行って生き直したところで何になる、その上しょせん自分は凡夫である、死ぬ瞬間、どうふるまうかいまいち信用できない部分もある、そのときになって死ぬか死ねるか死にたいか、あるいは死にたくないのではないかと疑う心がわきおこれば、悶えて苦しみ、往生もおじゃんである、それを考えれば補陀落山だ、あそこへ行こう、あそこならこの身のままでふらりと行ける、と思いたちました。それですぐ火傷の治療をやめ、ある海に面した土地、南に向けばいちめんに海が広がるという場所へ知り合いを頼って行きまして、新しい小舟を一艘つくらせて朝夕乗って舵の取り方を習いました。北風がたえまなく強く吹くようになったら教えてくれと本職の舵取りにたのんでおきまして、その風が吹いたと知ったとき、小舟に帆をかけて、一人で南をさして漕ぎだしていきました。男に妻子はおりました。おりましたが、思いつめてますから何をいってもむだでありました。小舟は沖へゆらゆらと出て行ったかと思うと長い時間をかけて小さくなり、やがて見えなくなりました。

ワタクシに執着しているとヨソ様が見えません。たまに見えると、どんなに親しい間柄でもうっとうしい。うっとうしいうっとうしいと念じながら生きてますと、日々の暮らしが、針のむしろです。それで日夜地蔵のことを考えています。わたしの生まれて育った土地にはとげ抜き地蔵というのがありまして、そのあたりの人々は、生活にとげが刺さればたちまちそこへ詣でてとげを抜いてもらおうと考えた。母も、伯母も、叔母たちも、祖母も、みんなそうしました。

すると昔の人が、前の人とは別の人ですが[*2]、こんなのがありますよ、今は昔のお話ですけどねと断ってわたしに語りました。

あるところにひとりの僧がおりました。信心して清く正しく生きておりました。なかでもことに地蔵菩薩を信心しておりまして、生身の地蔵菩薩に会ってみたい、といつもせつなく思っておりました。いっそ地蔵ゆかりの土地を訪ねてまわったらどうだろうと人にいっても、そんなばかな願いがあるか、生身の地蔵菩薩に会えるわけがないと笑われるだけでしたが、でもやっぱり訪ねることに心を決めて、会いたい会いたいと思いつめて各地を放浪するうちに、某という土地にたどりつきまして、やがて日も暮れ、僧はある賤しい下人の家に宿を借りました。その家に住むのは、年取った婆がひとりと子どもがひとり。牛飼いをしているという、年は十四五になるかと思われる子どもでありました。そのうちに人が来てこの子どもを呼びだしていきましたが、すると何ですか、連れて行かれた方からその子の泣き叫ぶ声がする。あわれなと思って聞いておりますうちに、子どもは顔をくしゃくしゃにしてよろよろと家に帰ってまいりました。婆に聞きますと、あるじの牛を世話しておりまして、ときどき折檻されてああ泣くんでございます、と。親には早く死に別れ、たよるところもございません。ただ月の二十四日に生まれた縁で名を地蔵丸と申します、と。僧はなんだかふしぎな気持ちになりまして、もしやこの子は、自分の年来の願いのとおり地蔵菩薩の化身ではないか、いやまさかそんなこと、自分のような凡夫に何がわかるか、年来の願いといえどもそんなにやすやすとかなってたまるかと思い直して、心のうちでいっしんに地蔵菩薩を念じていましたが、なかなか寝つかれないのでありました。やがて夜半もすぎまして、草木もねむる丑三つ時。その子がむくりとおきあがり、はっきりとした声音でこういいました、あと三年間ここのあるじにこき使われることになっていたけど、この僧の信心に出会えたから、もうよくなった、それじゃ行くよ、と。そして外に出た気配もないのにかき消すようにいなくなりました。僧は驚いて、婆や、いったいこの子は何をと問うたのですけれど、答える間もなく婆もまた外に出た気配もないのにいなくなりました。それでわかりました。あれはたしかに地蔵菩薩のおん化身、人の苦を身代わりに受けていたところでありました。

良い話ですねとわたしは昔の人にいいました。でもこれなら別に地蔵菩薩でなくてもいいような。ねんぴーかんのんりきでもあべまりあでも念じていればきっとなんとかなりましょう?

でも会えてしまうという庶民性、身代わりになる代受苦性、これはやっぱり地蔵です、ではもうひとつ、とその人がいいました。これも今となれば昔のことです。

何某は、裕福で強大な力を誇る一族の出、その力を背景にたくさんの郎党を養っておりました。ところがその中にひとり気に入らない男がいる。無礼なこと、あるじの気に障ることばかりするもので、ある日とうとう何某も我慢ならなくなり、郎党を呼びつけて、奴を即刻津坂に連れていって殺してしまえ、よいか必ずと申しつけました。そこで郎党はその男を捕まえて縄でしばりあげ、馬の前に追いたてながら津坂に曳いてゆきました。曳かれていきながら、男は一心に祈念しました、地蔵菩薩よ、地蔵菩薩よ、本日は月の二十四日、地蔵菩薩のお縁日、地蔵菩薩よ、地蔵菩薩よ、地蔵菩薩よ、地蔵菩薩よ。一足歩くごとにそれを念じ、それを念じ、それを念じ、ほかのことは何も考えずに、ただそれを念じ、歩きつづけたのでありました。ちょうどそのころ、何某の家には僧が三人訪れて。世間話をしながらもどういうわけか何某は自分からこの男のことをいいだした。その男、あまりに不調法なので津坂に遣って殺すのですといいますと、お忘れか、と僧たちは口々に叱咤しました。今日は月の二十四日、地蔵菩薩が衆生をお救いなさる日ですよ、そんな日に殺生はなさらぬがよろしい。いわれて何某はたちまち後悔し、またなんだかそら怖ろしくもなり、また一人郎党を呼んで、殺さぬ前にと速い馬に乗せて使いに遣りました。二人目の郎党は鞭をふるって馬を走らせましたけれども、ずいぶん以前に出かけております、追いつけるとも思えません。一方、一人目の郎党は、ようやく津坂にかかったときに、来た方角から呼ぶ声が聞こえるような気がしました。耳をすませてみると、あるじのおおせでーござりますー殺してはーなりませぬーと聞こえてくる。振り返ってみると、十三、四の小僧がひとり、無我夢中で走りながら声を枯らして叫んでおりました。郎党は、そんな走り方をするものをはじめて見ました。走り終えた瞬間に倒れて死んでもかまわない、わが身も命も捨てるつもりで、ただ人の命を助けようというその走り方に郎党は心をうたれ、立ち止まって馬を下りてみた……そこに、あの速い馬に乗って追ってきた郎党がようやく姿を見せたのでありました。一人めの郎党が二人めの郎党をみとめたとたん、走っていたあの小僧は消えてなくなりました。一体全体何の不思議かと思いながら、二人の郎党は男を曳いて館に戻り、一部始終を何某に話しました。何某が命拾いした男を呼んで問いただすと、男はもうまるで混乱して泣きわめいておりましたけど、やっと答えたのは、ただひとえに地蔵菩薩を念じていました、と。月の二十四日、地蔵菩薩がたしかに衆生をひとり救ったとみなが知りました。

二十四日、十四日、四日、四のつく日は、とげ抜き地蔵はいつも人出が多かった。わたしの現在住む土地の、そこここの四つ角にも小さな祠がありまして、それも地蔵、月の二十四日、とくに八月の二十四日は衆生が大勢どこかから湧いて出て、地蔵のことを考えますよとわたしはいいました。

じゃーもうひとつ。今は今でも昔は今でもなく、昔は昔でさえなく、今は昔なんですよ。

あるところに古寺がありまして、そこに地蔵菩薩がありました。その寺は何某の先祖代々の氏寺でありました。何某、合戦を得意とし、随兵を従えてあちこちで戦っておりました。その日もまた合戦の中に身を投じ一人でも多く殺し滅ぼそうと戦っていましたが、ひゅんひゅんと矢が飛び交い、刀がひらめき斬り結び、人がばたばた倒れて死ぬさなか、やなぐひの矢を射尽くしてしまったことに気づきました。もはやこれまでと、思わず心中で、わが氏寺の地蔵尊、と念じますと、目の前に一人の小僧が忽然とあらわれて、矢を拾って何某に渡します。思いがけぬことながら、戦場です、何某はとっさに渡された矢を取って射る。また渡される、また射る。また射る。さらに射る。そのうちに、はっしと、矢を拾う小僧の背に矢が射立てられたのを見た、しかし次の瞬間には小僧の姿を見失い、逃げおおせたかと何某は思いさらに戦いつづけまして、やがて思いどおりに勝ちどきを挙げますと、るいるいたる死骸を後にひきあげていきました。館に戻ると、あの矢を拾ってくれた小僧を、だれの従者か、だれの身内か、あちこち訪ねてまわりましたがだれも知らない。自分のために矢を拾おうとしたとき背に矢が射たてられたのだ、死んでしまっても不思議はないと思うと哀れでした。——後日の話になります。ある日何某が氏寺に詣でたおり、地蔵菩薩像の背のどまん中に矢が一筋射たてられてあるのを見たのであります。なんとせつない。木彫りの像のおだやかな地蔵顔がほんのかすかに苦痛にゆがんでいるのを見たのであります。なんといたましい。われわれ衆生のために地蔵菩薩がみずから殺生する人々の中にたちまじり、念じる人の声に応じて、毒の矢を、身代わりの苦しみさえも、その身にうけた。

ああ、あの声[*3]に、声をあわせたくなりますね。

地蔵地蔵。にょーしーしーじんりきふかしぎ。にょーしーじひふかしぎ。にょーしーしーちえふかしぎ。にょーしーべんざいふかしぎ。その神力は不可思議で、その慈悲も不可思議で、知恵も弁才も不可思議で、その不可思議は無限の中で尽きませぬ。苦のある人の身代わりになって死んで行くのはどんな気持ちだろう。死とは、今まで経験したこともない、大げさな一瞬のような気がします。

そうかしら、まだわかりませんとまた別の昔の人[*4]が語りました。

何某は、賤しい男でありました。一生の間、殺生しました。殺したのは、鱗があるもの甲羅があるもの、鳥も獣も。獲って殺す、獲って殺す、獲って殺す、それを生きるための仕事としておりました。ところがある日、漁のさなか、突然肘に激痛が走りました。なかなか痛みが去らないので医者にみせますと、悪い瘡だそうで。いよいよ男も観念して、禅僧を二人呼びましていうことには、昔は遊ぶ友には事欠かなかったもんだがもういけません、悪い瘡くらいしか来てくれない、せめてお坊様がた、除病を祈ってくださいよ、だめなら往生のしかたを教えてくださいよ、と。そこで僧たちは七日間祈ってみたのでありますが、男は弱るばかりでした。とうとう第七日の夜半にはお上人が呼ばれまして。わたしはもう死にますが、その前に仏のお弟子になりたいとすっかり弱った男がいいますので、お上人もこれはもうと見て取って、殺さない、盗まない、邪淫しない、妄語しない、酒を飲まない、人の罪や過ちを語らない、自分をほめない人をけなさない、施しを惜しまない、仏法僧をそしらない、と仏道の禁戒をさずけてやり、それから法華経方便品を読みきかせてやりました。死に行く人はじつにさばさばとして落ち着いて、おだやかに聴いていていましたが、やがてこんなことをいいだしました。八条河原の荒れ地でわたしは死にたい、わが家には蓄えが無くまた親類も無く、屍の始末や何やらで家族に苦労かけると思うから、と。男はぼろ着に着替えますと、二人の僧に介護され、河原に出かけていきました。家族も隣人もその場でそれを見送りました。河原の荒れ地に着きますと、男は草をなでつけてむしろを広げ、そっとすわって西を向き、落ち着いたようすで、しんとして、念仏をとなえはじめました。夜も明ける頃、ようやく息が絶えました。屍はそこに置いて、僧たちは帰っていきました。

　或る女。世間から離れて暮らしていましたが、病を得て、いよいよ死ぬというときに、往生に導いてもらいたいと、聖を枕元に呼びました。聖にすすめられて念仏をしているうちに、女の顔色が悪くなり、まっさおになり、がたがたと全身が震えてきました。いったい何が見えますかと聖がききますと、恐ろしいようすの者たちが火の車をひいてきます、と女はいいました。救いたいと思う仏の願いと浄土に行きたいというあなたの願い、それを信じて仏のみ名をやすまずとなえてごらんなさい、五逆を犯した人だってちゃんと導かれて念仏を十ぺんとなえれば極楽に生まれるといいますよ、あなたはそこまでの罪は犯してないんですからなおさらですよ、と聖がいいますと、女はうなずいて、また声を上げてとなえつづけました。しばらくすると女はさきほどとうってかわってしあわせそうになりました。聖がききますと、火の車は消えました、きらきらひかるうつくしい車に天女がたくさん乗って音楽を奏でています、きっとわたしを迎えにきてくれたんですよ、と。それに乗っちゃいけませんよ、いままでどおりただひたすら阿弥陀仏を念じて待つんですよ、と聖が教えますと、女はさらに念仏をつづけました。またしばらくすると女はいいました。玉の車は消えましたけど、こんどは墨染めの衣の瑞々しい僧がそこに来て、さあいっしょにいきましょう、あなたの行くのは道もわからない方角ですからわたしが案内してあげますよとおっしゃいます。けっしてついていってはいけませんよ、浄土へ行くにはしるべなどいらないものなんです、救いたいと思う仏の願いを信じていさえすれば、自然と行き着くところです、ひとりで行かなくちゃならない道だと覚悟して、もう少しがんばってごらんなさい。しばらくしてまた女が、さっきの僧も見えなくなりました、もう、だあれも、おりません、と。さあ今ですよ、と聖は励まして、この隙にさっさと行ってしまおうという心つもりで、集中して心をこめて念仏してごらんなさい、と。女は念仏を、四十ぺん、五十ぺん、六十ぺん、だんだん声が弱くなったかと思うとふっつり途切れて、そのとき息が絶えました。

　ぜーしょーしゅーじょー。にょーいーじんりき。ほうべんくーばつ。このようにもろもろの衆生は、苦しみを除かれて、救われる。その無限の不可思議は、わたしたちが、ただおだやかに野垂れ死ぬための道しるべ。

＊1　鴨長明さん（発心集）
＊2　お名前は存じあげません（今昔物語集）
＊3　地蔵菩薩本願経を読む声
＊4　三善為康さん（拾遺往生伝）

（「WB」3号、二〇〇六年三月）

自筆年譜

1955年　東京板橋に生まれる。零細下請け町工場地帯の路地裏で蝶よ花よの幼児期、漫画依存の肥満児として子ども期を過ごす。
1971年　都立竹早高校。全共闘とヒッピー文化の残滓色濃く、三無主義世代のまっただ中、学業は古文以外まったく身が入らず、太宰と中也と漫画とニール・ヤングで明け暮れる。
1974年　青山学院大学文学部日本文学科。摂食障害でボロボロになる。
1975年　「新日本文学」の文学学校を受講、講師の阿部岩夫に惹きつけられて詩のクラスに思わず登録、詩を書きはじめる。岩崎迪子らと詩誌「らんだむ」。鰹節屋でバイト。
1976年　「現代詩手帖」に投稿をはじめる。マーケティング会社でイラスト描きのバイト。
1977年　『お母さんは……』詩の世界社（シブ・シダリン・フォックス／渥美育子翻訳）の下訳手伝い。雑誌「フェミニスト」の使いっ走り。
1978年　第一詩集『草木の空』アトリエ出版企画。第16回現代詩手帖賞。就職試験にことごとく落ちるもかろうじて浦和市教委の臨時採用にひっかかり、浦和市白幡中学で国語科教師。生徒には人気があったが、だらしがなく遅刻が多く同僚と保護者には不評だった（はず）。
1979年　『姫』紫陽社。恋愛し苦悩しボロボロになり教師をやめてボロボロになり結婚し絶望しさらにボロボロになり離婚し混乱し仕事も住む場所も転々とする。猫を飼いはじめる。岡田幸文らと定期的に朗読会をはじめる。現代音楽のパフォーマンスに参加し、声についていろんなことを考える。
1980年　『新鋭詩人シリーズ10伊藤比呂美詩集』（通称ぱす）思潮社。ひきつづき人生は若気の至りだらけ。生活の手段は塾の講師。
1981年　鈴木志郎康の『比呂美毛を抜く話』に出演、ファインダー越しの対話に多くを学ぶ。

1982年　『青梅』思潮社。ポーランドに留学した西成彦を追いかけて戒厳令下のワルシャワに行き、日本人学校の国語科教師として現地採用。
1983年　帰国して西と結婚、東京の片隅で幸福な貧乏暮らし。書肆山田の詩誌「壱拾壱」に参加、多くを学ぶ。
1984年　春、カノコを産む。西の熊本大学就職に伴い、晩夏に熊本市黒髪に移住。奇しくもミノムシ大発生の年であった。西の就職で余裕ができて、電球を買いに行った店先でワープロ（ＮＥＣ文豪）を衝動買い、機械なんかで詩を書くものじゃないと周囲の詩人にさんざん批判されるも、記述する速度は声の速度と同じになる。北米先住民の口承詩に夢中になる。『感情線のびた』弓立社。
1985年　『テリトリー論Ⅱ』思潮社（「現代詩手帖」誌上で荒木経惟と「テリトリー論」を連載中だったので「Ⅱ」とした）。「壱拾壱」のメンバーとともに各地で朗読。とくに沖縄ジァンジァンの朗読で、自分のスタイルをとりあえず確立。赤ん坊のカノコにおっぱいやりながら「カノコ殺し」を朗読していたのもこの頃。英語を勉強しはじめる。平田俊子、松井啓子と詩誌「ヒット」。使い始めたワープロで一気に書き下ろした『良いおっぱい悪いおっぱい』冬樹社。『週刊本34知死期時』朝日出版社。
1986年　初夏、サラ子を産む。『女のフォークロア』平凡社（宮田登と共著）。
1987年　『テリトリー論Ⅰ』思潮社（荒木経惟と共著／ⅠⅡとも、装幀は菊地信義）。「北の朗唱」（高橋睦郎、佐々木幹郎、白石かずこ、吉増剛造、天童大人）に参加し、朗読と旅と詩人の生き方について、多くを学ぶ。はじめて国際文学シンポジウムに参加していろんなことを考える（シンガポールで）。『おなかほっぺおしり』婦人生活社。
1988年　『現代詩文庫94伊藤比呂美詩集』思潮社。運転免許を取得する。西のワルシャワ大学赴任のため家族でポーランドに住む。
1989年　親が熊本に移住し、以後「実家は熊本」となる。『おなかほっぺおしりそしてふともも』婦人生活社。『パパはごきげんななめ』作品社（西成彦と共著）。
1990年　日独女性作家会議に参加していろんなことを考える。平田俊子とモンゴルに行き、草原に立っていろんなことを以下同文。金関寿夫の紹介で米詩人ジェローム・ローセンバーグを知る。説教節に夢中になる。

1991年『のろとさにわ』平凡社（上野千鶴子と共著）。西成彦と離婚、以後も家族として同居をつづける。三か月間家出してローセンバーグを頼って渡米し、北米先住民の詩を探して（ということになっている）旅をする。

1992年『家族アート』岩波書店。恋愛に悩む。平田俊子とアイルランドに行き、アラン島の絶壁に立っていろんなことを考える。

1993年『わたしはあんじゅひめ子である』思潮社。この頃からカリフォルニアと日本を行ったり来たり。家庭の問題と恋愛と薬物依存にボロボロになって悩みぬく。この頃、旺盛に各地を朗読講演してまわるのは家に居場所が無かったせい。『おなかほっぺおしりコドモより親が大事』婦人生活社。『あかるく拒食ゲンキに過食』平凡社（斎藤学との共著）。『家族アート』で第6回三島賞の候補になったが、気鬱と薬でボロボロで落ちたこともほとんど記憶にない。『Mutter töten』Residenz Verlag（選詩集、Irmela Hijiya-Kirschnereit 選／訳）

1994年 ひきつづき気鬱で混沌。『おなかほっぺおしりポーランドゆき』婦人生活社。

1995年『手・足・肉・体 Hiromi 1955』筑摩書房（石内都と共著）。秋、渡米して末っ子のトメを産む。毒が抜けたように心身がすっきりする。このとき諸般の事情で一ヶ月間アメリカに不法残留、この記録が後々まで祟ることになる。『家庭の医学』筑摩書房（西成彦と共著）。

1996年 ひきつづき家庭は不穏。『居場所がない！』朝日新聞社。『にごりえ』河出書房新社（現代語訳／樋口一葉原作）。

1997年 西との家庭を解散、子どもを連れてカリフォルニアに移住し、ハロルド・コーエンと新しい家庭をつくる。これ以後、毎夏家族で熊本に帰るようになり、熊本の自然と文化に対する愛着が深まる。娘たちの思春期と異文化への適応にてこずり、永住ビザの取得に苦労する。ワープロをコンピュータ（アップル）に切り替える。西日本新聞紙上で身の上相談「万事ＯＫ」を開始。

1998年「ハウス・プラント」で第119回芥川賞の候補になって落ちる。犬を飼いはじめる。エルニーニョで、カリフォルニアは雨が多かった。『あーあった』福音館書店（絵本／牧野良幸絵）。
1999年　『ラニーニャ』新潮社。「ラニーニャ」で第121回芥川賞の候補になり、落ちてこりごりするも、『ラニーニャ』で第21回野間文芸新人賞を受賞、しかし自分の小説家としての適性に疑問を持つ。室内園芸に夢中になる。『なにたべた？』マガジンハウス（枝元なほみと共著）。『きみの行く道』河出書房新社（翻訳／ドクター・スース原作）。『Das anarchische Aschenputtel』Residenz Verlag（『家庭の医学』、Richmod Bollinger and Yoriko Yamada-Bochynek 訳）。
2000年　日本霊異記に夢中になる。死者の日に、枝元なほみとメキシコのワハカに行く。『伊藤ふきげん製作所』毎日新聞社。『またたび』集英社。
2001年　津島佑子に誘われて日印作家キャラバンに参加、いろんなことを考える。『ビリー・ジョーの大地』理論社（翻訳／カレン・ヘス原作）。『キャット・イン・ザ・ハット』河出書房新社（翻訳／ドクター・スース原作）
2002年　カノコの巣離れ。『万事ＯＫ』新潮社。『ビリー・ジョーの大地』で第49回産経児童出版文化賞ニッポン放送賞。
2003年　カリフォルニアに山火事が頻発。『なっちゃんのなつ』福音館書店（絵本／片山健絵）。『11の声』理論社（翻訳／カレン・ヘス原作）。『おめめとじてね』福音館書店（絵本／ながさわまさこ絵）。
2004年　『日本ノ霊異ナ話』朝日新聞社。前年の『なっちゃんのなつ』につづいて『日本ノ霊異ナ話』ですっかり里心がつき、長い間離れていた詩に戻る決意をする。新井高子に誘われて詩誌「ミて」に詩を発表したのを手はじめに、長編詩を構想する。春先、セコイア国立公園に行く。親が年老い、熊本カリフォルニア間の行き来がひんぱんになる。『ラヴソング』筑摩書房。『おなかほっぺおしりトメ』ＰＨＰ研究所。『テーマで読み解く日本の文学』小学館（津島佑子、中沢けい他）に参加。熊本近代文学館『21世紀作家展コトバノチカラ』に参加。
2005年　『河原荒草』思潮社。カリフォルニアは百年に一度の多雨の冬、百年に一度の緑の春。九月から十二月まで熊本に戻る。親がさらに衰え、介護をしつついろんなことを考える。『レッツ・すぴーく・English』岩波書店。『ミドリノオバサン』筑摩書房。

2006年　『河原荒草』で第36回高見順賞。78年の現代詩手帖賞以来はじめて詩の賞の候補になりしかも受賞して、やっと「おとなの熟練工」になった気分。介護のために熊本カリフォルニア間の行き来がさらにひんぱんになる。巣鴨のとげ抜き地蔵に通いつめる。熊本近代文学館の馬場純二、熊本大学の跡上史郎らと熊本文学隊を結成。中沢けいのHPを間借りしてブログをはじめる。

2007年　『とげ抜き　新巣鴨地蔵縁起』講談社。『コヨーテ・ソング』スイッチ・パブリッシング。『とげ抜き　新巣鴨地蔵縁起』で第15回萩原朔太郎賞。ひきつづき熊本東京カリフォルニア間を行き来し、また熊本文学隊の活動でさかんに九州内を動き回る。秋、アメリカ国内を数日間単独放浪。『死を想う　われらも終には仏なり』平凡社（石牟礼道子と共著）。『あのころ、先生がいた』（よりみちパン！セ31）理論社。

2008年　『女の絶望』光文社。『とげ抜き　新巣鴨地蔵縁起』で第18回紫式部文学賞。熊本文学隊が旗揚げし、大勢の人と出会い、かかわる。春、朗読プロジェクト「詩人の聲」（天童大人企画）でひさびさに会心の朗読、朗読熱が再燃する。夏、ドイツを巡業してイギリスで家族と合流。第1回熊本連詩（谷川俊太郎、四元康祐と）、大いにしごかれる。秋、瀬戸内寂聴に出会う。源氏と仏教に夢中になる。前橋文学館で「伊藤比呂美展」。『漫画がはじまる』スイッチ・パブリッシング（井上雄彦と共著）。『きみの行く道』河出書房新社（改訳版）。『人生相談万事OK！』ちくま文庫。

2009年　仏典に埋もれて半僧半俗の生活。「ユリイカ」で新人欄の選者を引き受けて他人の詩を読む。極寒の頃、ドイツを巡業。桜の頃、母の死。熊本近代文学館の「人と自然のありようを考える――環境文学入門」展に熊本産の環境文学として参加。LaLaTV「男子禁制」にレギュラー出演していろんな女たちに出会う、再会する。『Killing Kanoko』Action Books（選詩集、Jeffrey Angles 選／訳）。

2010年　『読み解き「般若心経」』朝日新聞出版。以後不明、どうなりますか。

（二〇一〇年）

作品論・詩人論

正常と戦う詩人

ジェフリー・アングルス

　私は数年前に伊藤比呂美さんの作品の英訳を始めた。すると、あるアメリカ人の日本文学研究者に「伊藤比呂美は日本の一番面白い詩人だ」と言われた。もともと大好きな詩人だったが、作品を何度も読み直したり、二〇〇九年に出た『Killing Kanoko』のために英訳を磨いたりしているうちに、尊敬の念がますます深まってきた。彼女はただの面白い詩人ではなく、常に理論的な最先端に立っているからだ。

　フェミニズム精神分析と言語論が文学批評の世界で盛んになり始めた頃、出産と女性のセクシュアリティーを再考する『テリトリー論』で日本の読者を驚かせた。数年後、ポストコロニアル理論が主流になる寸前には、比呂美さんは移住と文化的交流のテーマを『わたしはあんじゅひめ子である』で検討し始めた。そして、ポストモダニズムが古び、新しい意味を探るべき二十一世紀に入ると、新時代に相応しい神話を『河原荒草』に書きとめた。つまり、伊藤比呂美さんは、われわれ読者を常に未来へ導いている詩人で、常に我々の前を進んでいる。アメリカの文学研究者にアピールするところはそこにあるのではないか。

　しかし、彼女の面白さはそれだけではない。テーマが性であっても、移住であっても、言語といつも闘争している。最近、比呂美さんと詩について話していたら、刺激的なことを言われた。「言葉がきれいに揃っている詩はいいけど、詩人って、どこか言葉を憎まなくちゃ。言葉を憎んだら、言語を歪めたり、壊したりする。それで、新しくて面白い結果が出る」。

　なるほど。確かに言語は伝統に束縛された記号のシステム。そうでなければ、意味を伝達する力を失う。しかし、表現者は言語の掟から時々解放されなければ、言語芸術の進化は止まってしまい、決まり文句に退化する可能性がある。その意味では、詩人は「正常」なる言葉遣いと戦うべき。

　その話を聞き、この詩集の冒頭に入っている「意味の虐待」をすぐに思い出した。インスピレーションはブルース・ノーマンのビデオ・アート作品「Good Boy Bad Boy」から取られている。その作品では二つのビデオに二人の顔が映り、ひとつは英語で「あなたはいい子だね」と言い、もう一つは「あなたは悪い子だね」と返す。これを何度も繰り返しながら、テンションが徐々に高まっていく。これを見ている人は、褒められているか、責められているかが分からなくなり、つらい気持ちが沸いてくる。

比呂美さんは一九八八年にワルシャワで生活していた。ポーランド語は分からなかったので、英語を使わざるをえなかったが、英語も自由に話せなかった。言語の不自由、そしてそれから来る生活の不自由を痛感した。「意味の虐待」の語りは、文章を何度も繰り返したり、機械的に言葉を置き換えたりする言語学習者のように聞こえる。そこには、本人の言語の苦労が反映しているだろう。しかし、パーソナルなところも反映している。夫との関係はうまくいっていなくて、家庭は壊れかけていた。詩人としての生き方にも不満が高まっていた。自分がとても不自由に感じて、この不満が詩にも言語全体にも及んだ。

「意味の虐待」の語り手は、最初のうちに言語の規則をちゃんと守ろうとしているが、徐々に不自由を感じてくる。文章が複雑で難しくなると、飽きたように、わざと不自然で意味がよく伝わらない文章を作り始める。記号論的に言えば、シニフィアン（あるものを指す音あるいは表記）がシニフィエ（意味されたもの）を指すプロセスを遮断して、言葉は「ただの素材」になる。最後の行「血まみれのそれの意味の血まみれのみじめさだ、それうれしい」では、言語の使い慣れたパターンから引き裂かれた記号は、まるで傷を負わされた動物のように「血まみれ」になっている。意味をこのように虐待して、語り手、いや、詩人本人は特別な快楽を味わう。普段、私たちは「正常」な言語に束縛されているが、ここでは、詩人が言語に復讐し、解放感を経験する。詩人と言語に対する態度をこの面白い立場から描写する詩として、「意味の虐待」は日本現代詩の最高傑作の一つだと呼んでも大げさではないと私は思う。

「意味の虐待」の前にもすでに、比呂美さんはさまざまな方法で「正常」と戦っていた。『テリトリー論』の二冊は、性とジェンダーのステレオタイプ、特に「美しい母性」と戦っていた。その二冊は母のセクシュアリティーと分娩後の憂鬱などを遠慮せずに描写したため、注目を浴びた。それと同時に詩の「正常」とも戦っていたと言える。日本現代詩、特に女性詩人がよく使った芸術的で高尚な文体をきっぱりと避けて、そのときまでは詩に相応しくないと思われていたテーマについて書いた。つまり、詩の狭いテリトリーから排除された文体とネタをわざと選択した。(『テリトリー論』という題は決して偶然ではない。)その結果、革命的な新しい表現を詩の世界へ紹介した。そのためだろう、新井高子や水無田気流といった次の世代の詩人から、「伊藤さんは私たちにとって詩の女神だった」という感想を聞いたことがある。

一九九〇年代にアメリカで暮らし始めると、比呂美さんの作品に大きな展開が起こった。そのときまでも詩の「正常」と戦っていたが、今度は、詩と散文を分ける境界線も崩そうとし始めた。『わたしはあんじゅひめ子である』の表題作はよい例である。

一九三一年に、津軽で研究調査を行った人類学者が、桜庭すゑという若いイタコ(シャーマン)から説教節の「山椒大夫」のバリエーションを聞き、表記して残した。そのバリエーションでは主人公は弟のズシオではなく、主流のバージョンでは殺されてしまうアンジュである。津軽で発見されたバージョンでは、彼女は家から出されて、惨い奴隷所有者のために働くが、その後逃げ出して、父母を探しに行くのである。

この詩集には「わたしはあんじゅひめ子である」の冒頭の「笑う身体」しか入っていない。しかし、それを見ればすぐに分かるように、比呂美さんのバージョンは桜庭すゑのバリエーションをもとにした、口語的な語り直しである。改行も終止符もほとんどないから、言葉が長々とシャーマンの口から、滝のように流れてくる錯覚を起こす。比呂美さんはこれを朗読しているときに、ときどき、机の上や床を叩いて拍子を打つことがある。長さと形式を見れば散文的に見えるが、他方、リズム感がとても強くて繰り返しを上手く使うところは詩的な要素が強い。この作品はどちらかというと、詩と散文の中間にあるジャンルだろう。現代日本文学では、叙事詩はきわめて珍しいが、比呂美さんはこの作品で見事に成功している。「笑う身体」の最後で、埋められた少女が砂から出てきて笑い出すように、比呂美さんも「正常」な詩の束縛から解放されて、特別な快楽を味わうらしい。

　比呂美さんはアメリカに落ち着いてから、一九九〇年代に芥川賞の候補になった「ラニーニャ」と「ハウス・プラント」のような小説を何編か書いた。アメリカで移住民として経験したこと、特に通じない言語の中に暮らして自分の母国語を失う体験を、詩という短いフォーマットでは充分検討できないと、本人もいろいろなエッセーで書いていた。カリフォルニアは日系人人口がアメリカで一番多い州だが、比呂美さんが住み着いたエンシニータスという小さな町には、日本語ができる人はほとんどいない。

　二〇〇四年に初めて比呂美さんのお宅を尋ねたとき、裏庭のサボテンを見たり、乾燥した空気を吸ったりしながら、これはなんとなく神話で出て来るような場所だねと、私が言ったことがある。彼女ももうすでに同じことを考えていた。ちょうどその頃『河原荒草』は連載中で、翌年出版された本を読んで、私はショックを受けた。ポップソングから説教節まで、いろいろなところからインスピレーションを受けて、古代神話に負けないぐらい大きなスケールで、ご自分と子供たちのカリフォルニアでの移住民と熊本での帰国者としての経験を「現代の神話」に語りなおしていた。比呂美さんにしか書けない独創性溢れる先駆的な作品である。

　この数年間、比呂美さんはまた違う分野を開拓している。二〇〇七年に出た『とげ抜き　新巣鴨地蔵縁起』は、「詩」でもあろうが、詩歌と散文が交じった「語りもの」、あるいは「現代の説教節」とも呼べる。二〇〇九年に出た『読み解き「般若心経」』では、仏教経典を語りなおすことによって、これまで見られなかった現代詩を作り出した。そして今後は、どのように詩の「正常」と戦っていくのか。

（2011.1.23）

牙の人

新井高子

じつは、この文庫に収められた詩のころの伊藤さんを、私は知らない。最後の一篇を除いて。

初めて会ったのは二〇〇四年四月、お茶の水の喫茶店でだった。編集者として長いつき合いのある夫が、結婚したばかりの私と三人で会おうというので、打ち合わせが終わる頃合いに、ドキマギしながら店の扉を引いたのだ。ファンだから。

すると、まるで親しい人に久しぶりに会ったような空気に包まれ、私たちのなれ初めを楽しそうに尋ねる瞳に吸い込まれながら、話題が彼女の近作に移ったとき、思い切って聞いてみた。

「伊藤さん、『ラニーニャ』は詩ではないですか」。

伊藤比呂美の読者の多くが魅了されているだろう、文体のあの息づかい。粘りのある、独特なリズムの声が耳のそばまでバンッとやって来て、汗や性腺の臭いがウァンッと立つような異様な距離感。ページの中にあるからだと、ページを読もうとするからだの間に、袖すり合う縁を結ばせてしまう、強力な、強引と言ってもいい言葉たち。それはどんな作品でも変わらない。小説と位置付けられた『ラニーニャ』だが、そう呼ぶだけでいいのか、どうしても疑問だったのだ。

「そうです、あれは詩です」と、伊藤さんはキッパリ答えた。

それから、「『日本ノ霊異ナ話』は詩ではないのですか」と私はくり返した。原典を換骨奪胎し、自分の言葉に極端に引き寄せている、いや、文体の枝葉末節まで書き手の意識を繫らせたいからこそ、あえて古典の内容を援用したテクスト。それを翻案と呼ぶだけでいいのか、やはり疑問だったのだ。

ニヤッと笑って「そうです、あれは詩です」。「いま、詩が書きたくて書きたくてしょうがないの」とも言った。

私の小さな編集誌「ミて」へ寄稿をお願いしたのは、そんなやりとりの後だった。実際、伊藤さんが詩に戻ってくれたら……とずっと思い描いていた。私の書き出しは九〇年代に入ってからで、たとえば、「現代詩手帖」には流行り言葉のように「詩は死んだ」とあった。その様子をぼんやり眺め、私なりに直感したのは、伊藤比呂美が書かないからでは?、ということだった。

「あら、いいわよ」。唐突な詩の依頼に、そのときの伊藤さんは、じつに気さくに応じてくれた。が、本書のゲラを読んでハッとするのは、じつは、詩集としての発表が少なかっただけで、伊藤さんは九〇年代も多くの詩を書いていたこと、そして、死にそうなほど痛ましかったのは、言葉じゃなく、彼女のからだの方だった、という何とも怖しい事実である。

この本には、詩にとり憑かれた阿修羅の伊藤比呂美がいて、飲み過ぎた睡眠薬でほとんど血の通わない指を使ってなお、キーボードを叩きつづけている。冷たいからだをふり絞って一行を産み落とし、まるでIPS細胞の手探りな培養者のように、その増殖を、執拗に執拗にくり返す、凄まじい形相の詩人。

が、そんなときでさえ、読み手へリズミカルな配慮を失わないのは、本能なのか。いや、それこそが宿業か……。

あの喫茶店で伊藤さんは、「高子さんと同じころの自分を覚えてないのよ、あたし。入院もしたらしい。娘たちにも、お母さん変だった、って言われるけど記憶がないの。おかしいでしょ?」。三十代後半だった私の顔をつくづく見つめ、笑みまで添えたそんな告白を、返事に困った私は、ハラッと耳の川に流してしまい……、ようやくいま、拾い上げる。伊藤さん自身にとっても、当時のからだは消えてしまい、詩が空蟬のように残った。

なぜ伊藤比呂美はここまで自分を追い込んだのか。いや、生ぬるい日本語社会で、なぜここまで追い込むことができたのか、私たちは考えるべきだろう。

この問いは、大輪の華を咲かせる四十代以降の彼女の作品を読みとく上でも重要だろうし……。いわゆる「女性詩」の旗手として、特別な脚光を浴びた若い彼女が、もう一度生まれ直す、言わば、死と再生のゼロ地点。本人の言葉を借りれば「厄年」だったはずだ。

もちろん、理由は複雑だろう。自筆年譜にあるように、恋愛にも家族にも異語の中での暮らしにも、悩み抜いていたんだろうし、ご本人がまだ語れない、気付けていない因果もきっと眠っている。即答などできゃしない。

ただ、何度もメールをとり交わし、熊本へ会いにも行き、私なりに濃い交感ができた気がする当時を振り返って、ふと、ひらめくのは、伊藤比呂美の中にある吉岡実の影である。太宰や中也に惹かれた話もしてくれたのだが、実際に印象深い出会いをした吉岡のことを語るとき、彼女の気持ちはぐんと昂揚して見えた。

「高子さん、吉岡さんに会ったことある？」。私が詩に目覚めたころはもう亡くなっていた。

「吉岡さんって、あたしの叔父さんたちとまったく同じ話し方するの。たしか本所でしょ。初めて会ったとき、シロミちゃんって言われて、そのシロミちゃんの、発音も言い方もすごくなつかしくってね、抱きつきたくなった。嬉しかったー、あたし」。

そんなときの伊藤さんが頬を輝かせていたのは言うまでもないが、血のつながった叔父さん、子どものころから可愛がってくれた叔父さん、を思い起こさせる追懐で語られる詩人の声こそ、吉岡実だった。

それから、こうも言った。「ねえ、高子さん。いまの詩の書き方、どうなってんの？　あたしアメリカにいるから日本語の本よめないし、書き方忘れちゃって……」

思えば、伊藤さんは「詩の書き方を忘れた」と何度も口にし、原稿を待っている私をひやひやさせた。が、このハッタリと言っていい発言は、じつは、ギロリとした眼でこう続く。「ねえ、晩年の吉岡さんから、現代詩はどう変わった？」。

ここなのだ、力点は。つまり彼女は、先端的な詩の方法に注目し、吉岡がなし遂げた成果からどう変化したか、それにこだわったのだ。

「たぶんそれほど変わってないです、本質は。ワープロやパソコンでコピペが簡単になって、ますます激しくなってるだけで」。私がそう答えると、口角がニンヤリ上がった。それから、「吉岡さんのお墓参りに、いっしょに行かない？　お寺は巣鴨だから」と誘ってくれた。

無意識な部分もあっただろうが、伊藤さんは、あのころ、吉岡実を相当強く気にかけていたと思う。まだ短いつき合いの私が、狭い了見の範囲で思い付くのは、吉岡と話し言葉の土壌が重なり合えばこそ、近しいマザー・タングを持ち合えばこそ、彼に象徴される現代詩の先端とは違う、新しい詩の書き方を打ち立てることに、この詩人は、自分を賭けてきた面があるのではないか。それもまた、ゼロ地点まで追い込んだ、大事な一因ではないか。

家庭より恋愛より、どうしても言葉をとってしまう人の業として。「忘れた」というのは、むしろ、根本的に違う発想を身に付けるために、その種の書き方をあえて捨てようとした結果では……と深読みしたくなる。

たしかに、本書の詩は、ほとんどが九〇年代に書かれたにも関わらず、意味の切断という現代詩の典型的方法が、一滴も取られていない。第一行目の語頭から最終行の語尾まで、一貫してリネラルに、意味という糸を断ち切ることなく、執拗に編みつづけている。

いや、伊藤さんの感覚語彙なら、それは毛。男や獣、そして自分の抜け毛の糸と言うべきだ。時には絡まることがある。毛玉ができることもある。書き手に、読み手にまとわり付きもする。が、切らない、この詩人は……。根気づよい毛の編み物。毛のコート。

伊藤比呂美がこれらの詩篇で果敢に試みていることを、一言にすれば、詩行という線の体はどうすれば強くなるのか、バネのようにしなるのか、という実験ではないか。そのために同じ言葉、同じ文末をくり返す。視点をかえて変奏する。無意識なのか、詩の主体が不思議にすり替わりもする……。

それは、撚り合わせて、束をつくろうとする手付き。つまり、繋がるという言葉の力を、意味を混ぜ合い粘らせて、引き出そうとする精進ではないか。「ハッピー、デストロイイング」（ニホン語）と呪文を唱えながら。

声や口語にこだわるのも、彼女の求める粘りのためには、唾液という臭う水が、どうしたって要るからだろう。文章語はドライだ。説教節から、「節」を持った語り声に出会ったことも大きかったろう。もちろん、血やお乳やおしっこもそんな触媒になってはいる。

けれども、伊藤さんは肉感的な詩を得意とする「からだ」の詩人なだけでなく、じつに知的に詩法をとらえ、革新を構想し、そのために必要な努力を、自分の言葉へ与えられる人。言わば「あたま」の詩人であることも忘れてはいけない気がする。天性の嗅覚で、ツボを嗅ぎあててしまうことも含めて……。ジェンダーや言語論への批評的な挑発も、詩篇のあちこちで撥ね上がっているではないか。

本書には行分けが取られていない作品も多いが、それは、粘らせて繋げることで、新しい声の詩法を打ち立てたい野望にとって、一つの必然のはず。透き間のない文字づらが、獣の背中の毛並みのように私には見えてならない。

コヨーテなど、飼いならされることを拒む犬属がしばしば現れるのは、言葉にトコトン噛みつきたい詩人の、白い牙のせいだろう。そして、そんな阿修羅の人が、ギリギリの知覚、憔悴の果ての感覚を運ぼうとするとき、どこか華奢な魅力もただよう。『ラヴソング』の二篇など、伊藤さんが「伊藤比呂美」を脱いでしまった、儚なげな詩も私は好きだ。

本書とかなり重なる作品が収録された英訳詩集、『Killing Kanoko』を翻訳したジェフリー・アングルスは、米国でも大好評だと語っていたが、日本語の枠を超えて、世界的な詩の状況から見た挑戦としても、評価されていくだろう。ここには、懊悩する、不安定な伊藤比呂美ならではの、攻撃的でミステリアスな詩的実験がある。

クマ蟬の鳴くその年の七月、末娘のトメちゃんに日本語を覚えてもらうため、伊藤さんはカリフォルニアから熊本にしばらく里帰りしていた。原稿を受けとるつもりもあって東京から会いに行くと、わざわざ空港まで車で迎えにきてくれ、隠れキリシタンの教会や温泉に……。でも、「ミて」の話は出てこない。阿蘇へ登り、お宅に泊めてもいただき……。でも、出てこない。

泣く泣く……だが、寄稿のことは堪らえるべきなのか、と思いはじめた三日目の夕方、まもなく搭乗という空港ロビーで、ちょっとトメちゃんを私に預け、戻ってきた伊藤さんは、よく冷えたガラス瓶を、手のひらに乗せてくれた。

「これ、おみやげに柚子胡椒」。それから、ちょっとうつむき加減になって、早口で「「ミて」の詩だけど、本当はもうできてるから。もう少し見直してメールするから」。

ほどなく着信したのが、「河原の婆」です。熊本のお宅の前には川が流れていて、真夏の太陽の下、踏みこむ足など掠めとられてしまいそうなほど、葛が両岸に茂っていた。「揺すられて　ぎらぎら光って　生長した／蔓草という蔓草が　血だらけの蔓をあげて／立ち上がった／私です　それはたしかに私の声です」。河原の真ん中に毅然と立つ伊藤さんが、そこにいた。

どうやら、かぼそい抜け毛たちを、逞しい葛の蔓に撚り上げてしまったらしい。この詩人はついに……。川面に響くその声が、大作『河原荒草』を呼び込んだのは言うまでもない。

（2010.8.17）

変異する・させる伊藤比呂美
――荒れ野から河原へ

四元康祐

ハンガリーを出国したと思った途端、またバスが止まった。今度はセルビア共和国への入国検査だ。国境警察官が乗り込んできて、パスポートを持ち去っていく。全員がバスから降ろされた。夜明け前の地面に荷物を並べ、しゃがみこんで、中身を広げてみせる。ここは空白の地帯だ。周囲の標識はキリル文字で、それが禁止と命令の言葉だという以外私にはなにも分からない。パスポートがないので名前も国籍もない。私は身体ひとつでここから出て行こうとしている。警官の手が私の鞄のなかを引っ掻きまわし、紙の束に触れた。伊藤比呂美の新しい詩集の、校正刷りだった。

＊

嘘のような、本当の話だ。だが伊藤比呂美の詩を語るのにこれほどふさわしい状況があるだろうか。移動、外部、同化ではなく違和、支配と依存、父権と言語、餓鬼阿弥的無力感、そこには彼女の詩の主要な要素がすべて揃っている。

乗り物に乗る／移動する（略）逃走する、移動する、執着を忘れる
（「チトー」）

違和感は皮膚よりも性よりも、／言語をもって明瞭にされる、
（「ナシテ、モーネン」）

地図を広げてどこかへ行きたいと思うが、／地図中いたるところに父がたちあがる。
（「父の子宮あるいは一枚の地図」）

だがあの国境の場面には致命的ななにかが欠落していた。それは閉塞を揺さぶる「耳から入って口から出て、そのまま消えてゆく言語」であり、「頭のなかがぽんっと沸きた」つような熱狂であり、「そこへ行こう／違う言語をつか」おうという意思であり、「危険性のまっただ中で」「男の力はとても強い／ペニスは強大で力強い／でもわたしはその力もそれも抹殺できる」と言い放つ全能感だ。

そうだ、あそこには「伊藤比呂美」自身がいなかった。

＊

「伊藤比呂美」のいない伊藤比呂美の世界、八〇年代の彼女の詩をそう呼んでもいいだろうか。そこには他者を通じて自分を確認することへの執着や、戦略的に配備された性という武器や、外部への烈しい渇望はあったものの、外部そのものは見出されていなかったと。彼女が、「底抜けの高揚は／内側から外へ」と書きつけるには、九一年の詩集『のろとさにわ』を待たねばならない。

伊藤比呂美がそれを初めて言語に定着したのは、「わたしはあんじゅひめ子である」においてだった。ここで彼女自身の朗読を再現できないのが残念だ。説話風の語りに乗せて、母と娘ふたつの声の力を最大限に発揮しながら、存在の原初へ降りてゆくこの作品の最後で、詩人

は高らかに、全身で、こう叫ぶのだ。

小さい、小さい、小さい穴から朝夕の露をなめて、育ってわらってる生きた身体、育ってわらってる生きた身体、育ってわらってる生きた身体、それがわたしそれがわたしである、

あるいは、英語を解せぬラフカディオ・ハーンの妻、小泉セツに、ポーランド滞在時の自らを託した「ナシテ、モーネン」。いったん異語を経た日本語の、ぎこちない交接のようなリズムに、静かな充足と自己の肯定が漲っている。

彼は言語でもって、／わたしの存在をほじくりかえし、／小鬼や妖精の棲みついてるためにとても重たいわたしの、／皮膚を唇を、／見つけ出す、／見つめる、

八〇年代に、言語的な仮死・ミイラ状態を異国で味わい、血縁者の死を体験し、自ら出産して生を授けた伊藤比呂美は、九〇年代に入って、ふたつの「外部」へ脱出をはかる。ひとつは日本から北米の荒野へ。そしてもうひとつは、家庭という制度からの脱出だ。

たとえば「チトー」には、北米大陸特有の、紫外線をたっぷり含んだ強烈な陽光と、乾ききった風が溢れている。湿度の国から来た表現者を、光と風が打ちのめし、覚醒させる。これから書いてゆくべき詩の中心概念が明示される。表現者であると同時に認識者でもあるという宿命が彼女に刻印される。

また「ネコの家人」や「山椒の木」といった作品では、結婚や家族が、慣習としてではなく制度として捉えられている。そのまなざしは詩人というよりもフィールドワークを行う生態学者のようだ。そして言葉もろとも、彼女自身が、制度の枠組みからするりと抜け出してゆく。

彼女は一人で狩りに出かけたのだ。

もっと大きい、もっと手強い獲物に襲いかかりたいんです。（中略）あたしが狩りたいんです、あたし、このあたしが。

（「獰猛な回収犬」）

そして育ってわらってる生きた身体を獲って帰ってくる。「消えてゆく言語」を操り、「彼の背中のそばかす」を揺さぶって、隔壁を溶かすことのできる者として、つまりは「伊藤比呂美」になって戻ってきた。そのとき外部が内側へ流れ込み、内側にあるものが外に溢れる。自と他、生と死、依存と攻撃という二項対立が超越される。その壮絶な劇は、「伊藤比呂美」の誕生であると同時に、自らに課した長い沈黙の始まりでもあったのだが。

＊

伊藤比呂美にとって父親とは、家族からの脱出を拒むものとして、「地図中いたるところにたちあがる」存在だ。だからこそ彼女は「父のいない場所をさがすのにやっきになる」。「あんじゅひめ子」の冒頭、「父というものはたいていそこにいないものだと」を始めとして、不在の父のイメージが繰り返し現れるのは、彼女の詩が父親の監視をかいくぐるようにして書かれてきたからか。

だが私が興味を惹かれるのは、伊藤比呂美自身の父権性だ。フロイト的な男性原理といってもいい。和を以って尊しとし、すべての差異を均質性へ解消しようとする日本の風土において、伊藤比呂美は極めて異質だ。彼女は違和を見過ごさない。異質なものが齎す亀裂を、隠蔽するのではなく、むしろ暴き立て、そこに言語による公的な関係を樹立しようとする。

> その上わらわら動くんです。（中略）この感じががまんできないのです。ヒツジにかぎらず、こういうわらわらしたものを見ると、つい吠えかかり、群れのまとまりがほどけそうになっている一角をめがけて、つっこんでいきたい欲求にかられるんです。
>
> （「ヒツジ犬の孤独」）

対象を明確に規定し、自分との距離を測りながら、能動的に働きかけてゆくこと。そこに働く原理原則を探り出し、支配し、統治すること。それが出産であれ、異国での子育て（そこには日本語を、自然な母語としてではなく、外在的な体系として教授し直すという作業が伴う）

であれ、伊藤比呂美は母でありながら同時に父の役割を果たしてきた。

おかあさんはすばらしい人です。指さしたらかならずその先には、なにかはっきりしたもの、あたしが把握できるなにかがあります。

（「獰猛な回収犬」）

伊藤比呂美の詩は、決して内側から自然に湧き溢れてきたものなどではない。彼女は日本語と距離を保ちつつ、綿密な計算に基づいて、そのネバネバした親和性に異物の楔を打ち込んでゆく。暗い情動と明るい知性を同時に全開して、「着る女という女を／男につつみこまれたいヘテロセクシュアルにしたてあげてしまう策略的なコート」を被せてゆくのだ。そうやって「陣地」（「天王寺」）を確立した上で、消えてゆくスウィートな声を震わせ、いったん際立たせた差異を絶対的な錯乱のなかへ還元する。この点において、伊藤比呂美にはランボーや中原中也の、より意識的でより攻撃的な後継者を名乗る資格があるだろう。

陣地の種類は実にさまざまだ。北米原住民の口承文学、出産と育児の手引書、シートン動物記、ジョニ・ミッチェル、作品の末尾に記された引用注釈がその片鱗を窺わせる。

父親＝狩人＝征服者としての伊藤比呂美の最新の成果は、二〇〇四年に発表された『日本ノ霊異ナ話』と『ラヴソング』だ。前者は日本最古の仏教説話『日本霊異記』の、後者は英米のロック音楽の本歌取りだが、その語り直しが、オウィディウスの『変身物語』以来の伝統に則りつつ、ポストコロニアルな世界文学の最先端において辺境の詩人たちと照応しているという栩木伸明の指摘は重要だ。

伊藤比呂美を読んでいると、およそ書くという行為は、「外部」を本歌取りし、語り直すことに他ならないと思えてくる。伊藤比呂美の怖さは、その捕獲が突然で、変容が不可逆的だという点だ。それは羊を襲う狼よりも、細胞を侵すウィルスのイメージに近い。そこには冷たい金属の匂いが漂う。皮膚が破けて熱い血が流れるころには、ウィルスは自ら変異して、すでに別の個体へと忍びひさしぶりにひっつかまえた／じっとしていよ／じいっと　　　　（「きっと便器なんだろう」）

再び動き始めた「伊藤比呂美」の眼前に、夏草の生い茂る河原が広がっている。『青梅』の頃からの見慣れた風景、しかしそれは更新された場所だ。彼女はいま、川の向こう側に立っている。

＊

昨年から今年にかけて、八回にわたって雑誌に連載された「河原ヲ語ル」（単行本化にあたって『河原荒草』と改題）は、伊藤比呂美の長い彷徨の到達点であると同時に、新しい出発を予感させる圧倒的な長編叙事詩だ。「河原」では、死んだ父親たちが生き返り、空間が捩じれて熊本とカリフォルニアが繋がり、その両側で帰化植物が欲望と血を垂れ流している。これまで制覇してきたすべての「陣地」を多声的に動員しつつ、表現と認識をひとつに束ねて、現代の神話を語りあげてゆく。

その最終部で、私たちは成長した「あんじゅひめ子」込んでいるだろう。

＊

カリフォルニアに移住した九〇年代半ばから十年近く、伊藤比呂美の詩は沈黙する。日本の土壌から娘たちを引っこ抜き、米国に「帰化」させるという大事業に取り組んでいて、詩どころではないという事情もあっただろう。だが沈黙は、表現という行為に関わる内的な必然でもあったはずだ。彼女は同じ場所を訪れ、同じ獲物を追うことを拒んだのだ。

書かないでいる伊藤比呂美は、私に映画『エイリアン』の冒頭を想起させる。地球から遠く離れた極寒の惑星で仮死を装うエイリアンを表現者としての「伊藤比呂美」とするならば、はるばる宇宙船に乗ってやってくるシガニー・ウィーバーは、新しい土地で新しい家庭を営もうと奮闘する生活者としての伊藤比呂美だ。後者が前者を探し当て、前者が後者の体内へ侵入しようとするとき、詩は一瞬にして覚醒する。

に出会うのだ。いくつもの越境と拒絶と適応をくぐり抜けながら、いまもなお「育ってわらってる生きた身体」、それでいてもっと確かに、もっと力強く、未知の土地へ帰化してゆくひとりの少女に。

生きて殖える／殖えて死んで生きかえって殖える／私は荒れ地のまんなかに手足を放射状にひろげてうずくまった／そうして茎を伸ばした／茎の先端につぼみがうまれ／ふくらみ／ふくらみ／ひらいて／あらゆるものを吸い込んだ（中略）私は茎を伸ばし／思いっきり伸ばし／風に揺られて／上をみあげた

だが娘の背後から、もうひとつの声が聴こえる。ぎらぎら光って、成熟して、血だらけの蔓をあげて立ち上がる「伊藤比呂美」のしわがれた呟きが。

私です　それはたしかに私の声です　（「河原の婆」）

＊

バスの乗客全員の所持品検査がようやく終わった。国境警察官に見守られながら、私たちは地べたにしゃがみこんで中身を詰めなおし、旅行鞄に尻を乗せて蓋を閉じる。一列に並び、従順な家畜のようにバスに乗りこむ。国境警察官は黙ってみている。行く手を阻むか、阻まないかだけが唯一の言語である人。絶対的な他者。

私は不意に、彼に向かって、伊藤比呂美の詩を朗読してやりたい誘惑に駆られる。だがそれは危険な行為だ。外部から内部を守り、移動を妨げる使命を担う彼らは、その日本語にひそむ挑発と欲望を敏感に嗅ぎとるだろう。それは犯罪とみなされ、私は拘束されるだろう。

取り上げられたパスポートがバスのダッシュボードに無造作に放置されていた。それをポケットにしまいこみ、国籍と生年月日と名前を取り戻す。エンジンが唸り、前方のゲートが上がった。東方、キリル文字の世界を覆う空がかすかに明るみ、その光が乗客たちの顔を照らしている。さっきまで眠りこけていた全員が覚醒して、一斉に眼を見開き、前を向いている。バスは境界を越え、別の国に入っていった。

（2005.12.14）

性欲と詩的創造力——ドイツ語圏における伊藤比呂美

イルメラ・日地谷＝キルシュネライト

詩の翻訳ほど難しいものはない。学問的あるいは技術的なテキストなどを他の言語へ訳す場合、内容を理解しやすい形で正確に目的語へ移し変えることが最も重要となる。しかし、文学には内容だけでなく形式もあり、両者はほとんど一心同体であるため、別々に見ることは許されない。加えて詩とは、文学の中でも特に密度の濃い凝縮された表現様式である。詩の翻訳が成功したかどうかは、目的語の読者が、その翻訳を単にある現実の移し変えとしてでなく、詩として認め受け入れたか否かにかかってくるだろう。

詩の翻訳におけるもう一つの問題は、このジャンルの形式的制約にある。テキストが簡潔であればあるほど、またその詩がすぐれたものであればあるほど、そこには言葉で表現され得なかった要素が多く封じ込められており、少なくともその一部は、当然ある特定の文化と結び付いているため、目的語の読者がただちに理解し難い性格を持つ。だからといって、それらの詩を多くの注釈やテキスト内の付説で解り易くした場合、詩としての効果を破壊してしまうことにもなりかねない。そんな問題を避けるためには、移される言語においても詩的効果を上げ得る作品を選ぶことが理想であろうが、しかしその場合も、目的語内に現われる原作の持つ文化的異質性が、その詩の芸術的魅力を圧倒してしまうことは極力避けねばならない。

目的語の読者にとって、作品の異質性が受容の中心であったのか、あるいはその翻訳が普遍的な詩的効果を仲介できたのかどうかを知るためには、それに対する書評を詳しく見るのも一つの方法であろう。しかしそのためには、まず評論家達に読んでもらわなければならないが、それまでまったく無名だった外国の詩人の場合など、当然それは簡単なことではない。しかも多くの評論家達は、対象となる作品を正しく評価できるかどうか不安を感じているためか、自分があまり知らない国の文学について書くことを躊躇する傾向がある。もし書いたとしても、慎重で控えめな調子となり、歯切れの良い判定を下すことはなるべく避けようとする。いずれにしても、中部ヨーロッパにおける日本文学は、一九九〇年代の初頭から翻訳数も増え、作品の種類や性格も多岐にわたるようになったため、一般の読者にも広く認識され始め、書評などのトーンも以前とはかなり違ってきたようだ。

私は一九九三年、伊藤比呂美の詩をいくつかの詩集から選んでドイツ語に訳し、オーストリアの出版社レジデンツの有名なシリーズの一冊として発表したことがあった。その詩集に対しては予想をはるかに超える強い反応があり、私が知っているだけでも十四の書評が新聞や雑誌に載せられ、ラジオでも放送されたのだが、その数がすでに反響の大きさを示していた。伊藤比呂美の詩が、ドイツ語圏のオーストリア、ドイツ、スイスの三国でどのような反響を巻き起こしたのか、ここに記してみたいと思う。

ほとんどの書評の見出しやタイトルが、伊藤比呂美の詩から中部ヨーロッパ人が受けた強いインパクトを如実に語っており、評者達の反応を直接示してもいるのだろう。「読者にショックを与える日本の詩人伊藤比呂美」がターゲスシュピーゲル紙の見出しであったが、南ドイツ新聞の評論家は「桜の花というヴェールを脱ぎ捨て」と表現し、スタンダードウィーン紙には「恐怖を覚えるものを直視する」とあった。「言葉による殺リク　過激なオープンさで読者にショックを与える伊藤比呂美」がノイエツァイト誌の見出しであり、ザルツブルガーナハリヒテン紙は「死　日本からのマイスター（ツェランの有名な詩の引用）伊藤比呂美の残虐と抑圧の詩」と表現していた。これらの書評で驚かされるのは、伊藤比呂美の詩が内包している、心をかき乱し嫌悪感を呼び起しかねない過激なテーマや表現にもかかわらず、評者達が伊藤の文学的意図とその質に対して例外なく肯定的評価を与えていたことである。しかもそのような結果は、評者達が自らの書評の中で、伊藤の詩が秘めている解釈上の罠に注意を喚起していたにもかかわらず、全員がほとんど一致してたどり着いたものであった。ノイエツァイト誌の評者は次のように述べている。「完全に破壊されるのは血まみれの現実だけではない。伊藤が見事なニュアンスで投入する卑俗な言語は、ドイツ語圏の読者の日本文学へ対する紋切り型をも破壊してしまう。そこにあるのは繊細な桜の花などではなく、言葉による虐殺である」。次はスタンダード紙であるが、その評者は詩人伊藤比呂美の創造的パワーに感嘆しつつ、次のような結論に達する。「彼女の過激性と比較する時、ヨーロッパで現在流行のフェミニズム的嘆き節など、たとえその正当性は認めるとしても、なんともみすぼらしく響いてしまう」。伊藤が提供するものは「執拗な幻滅文学、暴露心理学、誠実ぶった教育学」などではないと南ドイツ新聞の評論家は言う。そこにあるのは「日本文学の伝統とも言える単純化の美学」へとつながる「払底」である。「しりごみ、いや、むしろ嫌悪をもってこの四十歳の詩人の本を手にする」とノイエチューリッヒャー紙の書評にはあった。「伊藤はなんの助けも借りずあらゆるものに切りかかる。しかしその切り口は、まるで最新のテクニックで手術したかのように見事であり、ほとんど血が流されない。情緒をまったく省いたかのようなこの記録には、しかし思いもかけぬ比喩が縫い込まれており、そのために彼女のテキストは多義性を持つこととなる。繰り返し読んだ後、読者は今までとはまったく異なった詩の理解法を知ることだろう。女の性欲は詩的想像力と混じり合い、そこに一つの堅固なフォームを形成する」。伊藤の詩の衝撃的内容だけでなく、その形式的側面にも充分に注意を払った評者達は、ほとんど例外なく、このノイエチューリッヒャー紙の書評と同じような結論に達していた。そして日本の文学はその際、異国的で繊細な、ビロードの手袋をはめ注意深く触れるべきものというそれまでの特別な肩書きをかなぐり捨て、まるで当然のごとく、ただ〝文学〟として扱われ、受け入れられていた。伊藤比呂美の詩は、はるか遠くの世界から細々と送られてきた、エキゾチックな信号などではなかったからだ。

一九九九年には同じレジデンツ社から、他の翻訳者の手になる伊藤比呂美の二冊目の本が出版された。それは童話や説教節などの新解釈、西成彦との共著『家庭の医学』である。評論家達は今回も、本の内容から少なからぬショックを受けたようだが、伊藤との最初の出会いの経験もかなり効いていたようである。そして今回も、反応は驚くほど肯定的であった。両著者の目的は、家庭というものの心地良さ安全さという伝統的な考えに疑問を呈し、できればそれを破壊することにある、それが評論家達の意見であった。しかしゲネラルアンツァイガー紙の評者は、この本の「頭の良い、時に意地悪なアンティロマンチズム」には限界があるとし、両著者がまったく気ままに、ないしは無理やりに、ドイツと日本のメールヒェンや他のテキスト間を行ったり来たりする部分を批判していた。そこでは度々カフカの「変身」との関連も指摘されたが、カフカの作品だけでなく、あらゆるテキストやジャンルのいささか乱暴な引用や横領はあまり評価されなかったようだ。ランドボーテ誌の書評は、日本社会の一般的な変化と家庭問題に重点を置いていた。夏目漱石はすでに一九〇五年、家庭というものの崩壊を予言していたが、この本もそのような社会的変動の記録として読める。しかし伊藤と西は、たとえ時代が変化しても、家庭内の問題というものがほとんど同じであることを我々に見せてくれる、そうこの評者は言う。家庭とメールヒェンというテーマの扱われ方はユーモアと機知に富んでおり、「どんなタブーも恐れず、非日本的にダイレクト」な著者達の態度は、評者にこの本の欠点を忘れさせたようだ。

先に上げた書評で「気まま」と批判された、あらゆるジャンル間を行ったり来たりするという側面は、ベルリナーツァイトング紙の詳細な書評ではむしろ賞賛されている。なぜならそれは、「実にエレガントで才気に溢れ」ており、その結果この本は、読者達が伊藤と西から「楽しく上機嫌で彼等の意見や分析の共犯者となることを強制される」実に「抜け目のない」ものとなった。物語というものは、いつも語る者に都合が良いように語られるが、メールヒェンは普通、子供のめんどうを見るべき母親が語って聞かせるものだ。伊藤と西によれば、メールヒェンの中で問題を起こすのは常に女達である。そしてそんな女達、疲れ切ってあわれな母親達が子供に物語り、恐怖におののかせる。著者達は読者と同じように、まるで混沌としたそんな思考過程を楽しんでいるかのようだ。

加えて二人の分析には、ユーモアに富んだ自己への皮肉が含まれており、この本は知的にも文学的にも高度な、非常にオリジナルな創造物となった、そうこの評者は述べていた。

これらが、伊藤比呂美の二冊の著書へ対するドイツ語圏の反応の一部であるが、彼女の文学が高い評価を受けたことがはっきり見て取れるだろう。伊藤比呂美の作品は当然、よしもとばななや村上春樹などとは異なった読者層を相手にしており、もちろん二人の本の売り上げ数と比較できないとは思うが、それは日本においても同様であろう。いずれにしても、彼女は詩人としてドイツ語圏で地歩を固め、彼女の作品をあまりにも過激と考える人々の間でも真面目に取られているようだ。彼女の文学が、その質にふさわしい形で、他の言語圏においても注目されることを心から望みたい。恐らく伊藤の詩や散文に対しては、言語圏ごとにかなり異なった反応が予想される。読者の文学経験や読書から何を期待するかなど、文化圏によってかなり違っているからだ。それぞれの文化がどのように伊藤比呂美の文学を受けとめるのか、私の興味は尽きない。

（「現代詩手帖」二〇〇五年六月号）

Gendaishi Bunko

現代詩文庫　191　続・伊藤比呂美

発行・二〇一一年七月三十日　初版第一刷

著者・伊藤比呂美

発行者・小田啓之

発行所・株式会社思潮社

〒162-0842　東京都新宿区市谷砂土原町三―十五

電話〇三（三二六七）八一五三（営業）八一四一（編集）八一四二（ＦＡＸ）

印刷・モリモト印刷株式会社

製本・株式会社川島製本所

ISBN978-4-7837-0968-8 C0392

現代詩文庫　第I期

⑯⑥ 倉橋健一　坪内稔典／松原新一他
⑯⑦ 高貝弘也　吉岡実／新井豊美他
⑯⑧ 御庄博実　長谷川龍生／北川透他
⑯⑨ 続吉原幸子　大岡信／多田智満子
⑰⓪ 井川博年　川本三郎／八木幹夫他
⑰① 加島祥造　原満三寿／池崇一他
⑰② 続続吉原幸子　谷川俊太郎／新川和江他
⑰③ 続粕谷栄市　横木徳久／野村喜和夫他
⑰④ 小池昌代　飯島耕一／井坂洋子他
⑰⑤ 征矢泰子　新川和江／新井豊美他
⑰⑥ 八木幹夫　小沢信男／新倉俊一他
⑰⑦ 続入沢康夫　川口澄子／野村喜和夫他
⑰⑧ 岩佐なを　城戸朱理／矢川澄子他
⑰⑨ 四元康祐　谷川俊太郎／小池昌代他
⑱⓪ 山本哲也　吉野弘／北川透他
⑱① 続続辻征夫　清岡卓行／高橋源一郎他
⑱② 友部正人　谷川俊太郎／宮沢章夫他
⑱③ 河津聖恵　新井豊美／瀬尾育生他
⑱④ 星野徹　笠井嗣夫／武子和幸他
⑱⑤ 山崎るり子　三浦雅士／井坂洋子他
⑱⑥ 続渡辺武信　松本隆／荒井晴彦
⑱⑦ 最匠展子　金子光晴／長谷川龍生他
⑱⑧ 続安藤元雄　飯島耕一／新井豊美他
⑱⑨ 続井坂洋子　室井光広／蜂飼耳他
⑲⓪ 高岡修　富岡幸一郎／北川透他

＊人名（明朝）は作品論／詩人論の筆者

① 田村隆一
② 谷川雁
③ 岩田宏
④ 山本太郎
⑤ 清岡卓行
⑥ 黒田三郎
⑦ 黒田喜夫
⑧ 吉本隆明
⑨ 鮎川信夫
⑩ 飯島耕一
⑪ 天沢退二郎
⑫ 吉野弘
⑬ 長田弘
⑭ 吉岡実
⑮ 富岡多恵子
⑯ 那珂太郎
⑰ 安西均
⑱ 長谷川龍生
⑲ 高橋睦郎
⑳ 茨木のり子
㉑ 安水稔和
㉒ 鈴木志郎康
㉓ 生野幸吉
㉔ 大岡信
㉕ 関根弘
㉖ 石原吉郎
㉗ 谷川俊太郎
㉘ 白石かずこ
㉙ 堀川正美
㉚ 岡田隆彦
㉛ 入沢康夫
㉜ 片桐ユズル
㉝ 川崎洋
㉞ 金井直
㉟ 渡辺武信
㊱ 安東次男
㊲ 三好豊一郎
㊳ 中桐雅夫
㊴ 中江俊夫
㊵ 高野喜久雄
㊶ 吉増剛造
㊷ 渋沢孝輔
㊸ 高良留美子
㊹ 三木卓
㊺ 加藤郁乎
㊻ 石垣りん
㊼ 木原孝一
㊽ 北川透
㊾ 菅原克己
㊿ 多田智満子
51 鷲巣繁男
52 寺山修司
53 木島始
54 清水昶
55 金井美恵子
56 吉原幸子
57 藤富保男
58 岩成達也
59 井上光晴
60 会田綱雄
61 北村太郎
62 窪田般彌
63 辻井喬
64 新川和江
65 吉行理恵
66 中井英夫
67 粕谷栄市
68 清水哲男
69 山本道子
70 宗左近
71 中村稔
72 粒来哲蔵
73 諏訪優
74 続飯島耕一
75 荒川洋治
76 佐々木幹郎
77 正津勉
78 辻征夫
79 安藤元雄
80 藤井貞和
81 大野新
82 犬塚堯
83 小長谷清実
84 江森國友
85 天野忠
86 嶋岡晨
87 阿部岩夫
88 関口篤
89 衣更着信
90 ねじめ正一
91 菅谷規矩雄
92 井坂洋子
93 片岡文雄
94 伊藤比呂美
95 新藤凉子
96 青木はるみ
97 中村真一郎
98 嵯峨信之
99 稲川方人
100 平出隆
101 松浦寿輝
102 朝吹亮二
103 続荒川洋治
104 続藤井貞和
105 続寺山修司
106 吉田文憲
107 瀬尾育生
108 続谷川俊太郎
109 続続谷川俊太郎
110 続田村隆一
111 続続田村隆一
112 続天沢退二郎
113 続続天沢退二郎
114 新井豊美
115 続吉増剛造
116 続続吉増剛造
117 続鮎川信夫
118 続北村太郎
119 続吉野弘
120 続石原吉郎
121 続鈴木志郎康
122 川田絢音
123 続続吉野弘
124 続北川透
125 続白石かずこ
126 続清岡卓行
127 続宗左近
128 牟礼慶子
129 続吉岡実
130 続辻井喬
131 続大岡信
132 続新川和江
133 続川崎洋
134 続清水昶
135 続高橋睦郎
136 続長谷川龍生
137 続中村稔
138 八木忠栄
139 続佐々木幹郎
140 城戸朱理
141 野村喜和夫
142 平林敏彦
143 続渋沢孝輔
144 続那珂太郎
145 財部鳥子
146 続長田弘
147 吉田加南子
148 続清水哲男
149 辻仁成
150 木坂涼
151 田中清光
152 阿部弘一
153 続続大岡信
154 続続鮎川信夫
155 続辻征夫
156 福間健二
157 守中高明
158 平田俊子
159 村上昭夫
160 広部英一
161 白石公子
162 鈴木漠
163 高橋順子
164 池井昌樹
165 続続清岡卓行